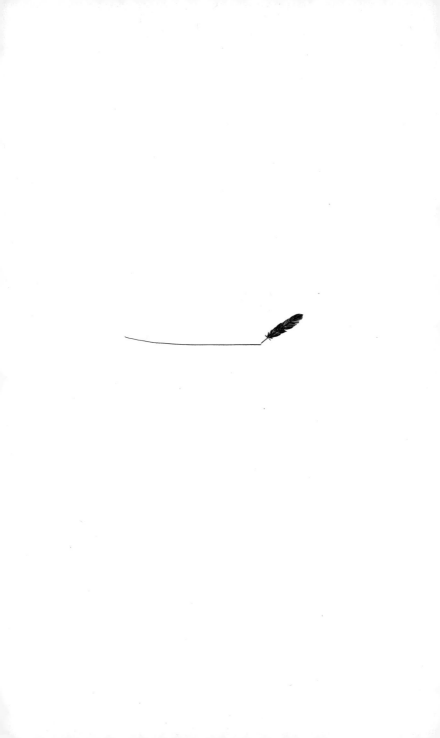

필경사 바틀비_월가의 이야기

초판 1쇄 발행 | 2023년 6월 30일

지은이 허먼 멜빌
옮긴이 박경서
발행인 한명선

주소 서울시 종로구 평창길 329(우편번호 03003)
문의전화 02-394-1037(편집) 02-394-1047(마케팅)
팩스 02-394-1029
전자우편 saeum2go@hanmail.net
블로그 blog.naver.com/saeumpub
페이스북 facebook.com/saeumbooks
인스타그램 instagram.com/saeumbooks
트위터 twitter.com/saeumbooks

발행처 (주)새움출판사
출판등록 1998년 8월 28일(제10-1633호)

필경사 바틀비

_월가의 이야기

허먼 멜빌 · 박경서 옮김

차례

필경사 바틀비

Bartleby,
The Scrivener
: A Story of Wall-street

나는 나이가 제법 든 사람이다. 지난 30년간 종사해 온 내 직업의 특성상 나는 재미있어 보이고 좀 유별난 사람들과 보통 이상의 관계를 맺어 왔다. 내가 아는 한, 이런 사람들, 이를 테면 법률서기 혹은 필경사筆耕士*들에 관해 어떤 글이 쓰인 적은 여태껏 없었다. 나는 공적으로나 사적으로 이들을 꽤나 알고 있어 마음만 먹으면, 그들 몇몇의 다양한 개인사에 관한 이야기를 들려 줄 수도 있는데, 선량한 신사들이라면 빙그레 미소 짓고, 감상적인 사람들은 눈물을 보일 수 있는 그런 이야기 말이다. 그러나 나는 다른 필경사들에 관한 이야기는 접어 두고 내가 보았거나 들었던 서기들 중 가장 괴상했던 필경사, 바틀비의 생애에서 일어난 몇 가지 사건을 이야기

---

* 문서나 책 등에 글씨를 쓰거나 문서를 베껴 쓰는 일을 하는, 일종의 필기 노동자이다. 현대에는 인쇄술의 발달로 그 수가 현저히 줄어들어 특별한 문서에 글씨를 쓰는 사람들만 존재하고 있다.

하려 한다. 다른 서기들에 대해서라면 그들의 생애에 대해 완벽하게 써 볼 수 있을 테지만, 바틀비의 경우에는 그럴 수 없다. 나는 이 사람에 대해 완전하고 만족할 만한 전기를 쓸 자료가 존재하지 않는다고 믿고 있다. 이것은 문학에 치명적인 손실이다. 바틀비는 근본적인 자료에 의지하지 않고서는 그에 관한 정보를 알아낼 수 없는 그런 부류 중 하나였으며, 그의 경우 그런 출처도 거의 없었다. 내가 바틀비에 대해 알고 있는 것이라곤 깜짝 놀란 두 눈으로 직접 본 그의 모습만이 전부다. 물론 한 가지 불분명한 소문 거리도 있었는데 그것에 대해서는 나중에 이야기하겠다.

이 필경사가 내 앞에 처음 나타났을 때의 이야기를 하기 전에, 나 자신과 나의 직원들, 나의 일, 사무소 그리고 일반적인 주변 상황에 대해 이야기하는 것이 좋겠다. 이런 설명은 곧 등장하게 될 주인공을 제대로 이해하는 데 반드시 필요할 것이기 때문이다.

먼저 나에 대한 이야기부터 해 보겠다. 나는 젊은 시절부터 인생을 쉽게 살아 나가는 것이 최고라는 깊은 확신에 차 있는 사람이다. 그리하여 내가 에너지 넘치고 이따금 시끄러운 소동이 벌어질 정도로 신경이 많이 쓰이는 그런 직업에 종사하고 있지만, 그런 일들로 내 평화가 깨진 적은 한 번도 없었다. 나는 배심원 앞에서 설득력 있는 변론을 펼치거나 대중으로부터 박수갈채를 끌어내는 법이 전혀 없는 야망이라고는 없는 변호사다. 그저 조용하고 아늑한 사무실에서 부자들의 채권, 저당 증서, 부동산 권리증 따위를 다루는 편안한 업무를 하고 있다. 나를 알고 있는 사람들은 하나같이 나를 상당히 신뢰할 만한 사람으로 여기고 있다. 시적 정열 따위에는 관심이 없는 저명인사였던, 지금은 고인이 된 존 제이콥 애스터*는 나의 첫 번째 장점은 신중함이고 다음으로는 체계성이라고 서슴지 않고 말했다. 나는 허영심에 사로잡혀 이런 말을 하는 것은 아니고, 직업상 내가 고故 존 제이콥 애스터에게서 일을 의뢰받지 않은 적이 없었다는 사실을 이야기할 뿐이다. 사실 그의 이름은 내가 계속 부르고 싶어 하는 그런 이름인데, 그것이 입안에서 동그랗게 회전하는 발음을 가졌고 마치 순금에 부딪치는 듯한 소리가 울리기 때문이다. 또 기꺼이 한마디 더 붙이자면 나는 고인의 그런 호의적인 견해를 의식하지 못한 것은 아니었다.

이 작은 이야기가 시작되기 얼마 전부터 내가 하는 일이 크게 늘어났다. 나는 지금은 뉴욕주에서 폐지되고 없는 형평

---

* John Jacob Astor(1763~1848): 독일 출신의 미국 모피상. 당대 최대의 부호.

법衡平法 법원*의 주사라는 괜찮은 자리에 임명되었다. 힘이 드는 일도 아니고 보수도 좋았다. 나는 좀체 화내는 법도 없고, 세상의 부정과 횡포에 맞서 위험에 빠질 정도로 분노하는 사람은 더더욱 아니다. 하지만 여기서 형평법원의 주사라는 자리가 새로 제정한 헌법에 의해 폭거처럼 하루아침에 폐기된 것은 성급한 처사였다고, 내가 무모하게 선언하는 것을 너그러이 용서해 주길 바란다. 나는 이 자리가 평생 동안 소득을 보장해 줄 것이라고 철석같이 믿고 있었는데 불과 몇 년 동안만 소득을 올렸을 뿐이었다. 하지만 이건 여기서 여담에 불과하다.

내 사무소는 월스트리트 ○○번지의 2층에 있었다. 사무실 한쪽 끝에서 보면 건물의 꼭대기 층에서 아래층까지 수직으로 뚫려 있어, 천장에 난 널찍한 채광창의 환기통로 안쪽 흰 벽이 내다보였다. 이런 구조는 풍경 화가들이 '생동감'이라고 부르는 것이 결여된 활기 없는 느낌을 줄 수 있다. 하지만 사무실의 반대쪽에서 본 풍경은 더 낫다고 말할 순 없지만 적어도 좋은 대조를 이루고 있었다. 그쪽 창문에서 바깥을 보면 늘 그늘이 져 있기 때문이기도 하고, 세월의 풍파에 거무스름

---

* Chancery: 회사와 관련된 소송, 특허 분쟁 등을 관할하는 법원. 1846년 주 헌법 개정에 따라 폐지되었다.

하게 퇴색되어 버린 높다란 벽돌 벽이 한눈에 들어왔는데, 벽돌에 숨어 있는 아름다움을 보기 위해 굳이 휴대용 망원경을 집어 들 필요는 없었다. 근시안인 사람들도 쉽게 볼 수 있을 정도로 벽은 우리 사무실 창문에서 불과 3미터 정도밖에 떨어져 있지 않았기 때문이다. 주변의 건물들이 우뚝 솟아 있고, 사무실이 2층에 있는 탓에 저쪽 벽과 우리 사무실의 벽 사이의 공간은 거대한 사각형 물통처럼 보였다.

바틀비가 출현하기 전, 나는 필경사 둘과 장래가 촉망되는 소년 한 명을 급사로 고용하고 있었다. 첫째가 터키*, 둘째가 니퍼스**, 셋째가 진저넛***이라는 사람이었다. 이 이름들은 인명부에서 쉽게 찾아볼 수 없는 이름일 수 있다. 사실 이 이름들은 세 명의 서기가 서로에게 붙여 준 별명으로, 그들 각자의 신체나 성격 따위가 이 별명에 잘 드러나 있다. 터키는 키가 작고 뚱뚱해서 숨 가빠 하는 영국 사람이고 나이는 나와 비슷한 예순 살에 가까웠다. 그의 얼굴은 아침에는 불그스름한 빛을 띠지만, 점심 식사 시간인 낮 12시가 지나면 난로에 가득 넣은 크리스마스의 석탄처럼 활활 타올라 이글거리다

---

* Turkey: '칠면조'라는 뜻 외에 '바보', '멍청이'라는 뜻이 있다.
** Nippers: '펜치'를 뜻한다. 'nipper'는 '어린아이'라는 뜻이다.
*** Ginger Nut: 생강과자.

가, 오후 6시쯤 이르게 되면 불기운이 점점 시들해져 붉은빛은 점차 사라져 버린다. 그 시간이 지나면 나는 그 얼굴의 주인을 더 이상 볼 수 없었다. 태양과 함께 정점에 이르는 그의 얼굴은 태양과 함께 졌다가, 다음날에도 태양과 함께 규칙적이고도 예전처럼 똑같이 찬란하게 떠올라 정점에 도달했다가 기울어지는 것 같았다. 나는 인생을 살면서 괴상한 우연들을 많이 보아 왔지만 그중에 특히 주목할 만한 사실이 하나 있다. 그건 다름 아닌 터키의 불그레한 얼굴이 벌겋게 작열하는 순간, 바로 그 심각한 순간부터 그는 업무 능력에 심각한 장애를 보이는 시간대가 시작되어 이후 나머지 시간 동안 그 장애가 계속된다는 사실이었다. 그가 요령을 부려 게으름을 피운다든지, 업무를 회피하는 게 아니었다. 오히려 그 반대였다. 문제는 너무 지나칠 정도로 원기 왕성해진다는 점이었다. 불을 붙여 놓은 듯 어쩔 줄 몰라 했고 성급하게 우왕좌왕하는 등 행동이 이상했다. 펜을 잉크병에 넣어 잉크를 찍는 모습도 조심성이 영 없어 보였다. 내 서류에 묻은 얼룩은 죄다 12시 이후, 그러니까 정오 이후에 생겨난 것이다. 실제로 그는 오후가 되면 조심성이 사라져 유감스럽게도 서류에 잉크 얼룩을 만들 뿐 아니라, 어떤 날에는 서류를 완전히 엉망으로 만들어 놓기도 하고 시끄럽게 소리를 지르기도 했다. 그럴 때면 그의 얼굴은 역시 무연탄 위에 촉탄*을 층층이 쌓아 올려놓은 것처럼 벌겋게 타올랐다. 그는 의자로 귀에 거슬리는 소음을 내고, 모래통**의 모래를 엎지르고, 펜촉을 다 듬다가 성질을 참지 못해 별안간 펜을 박살 내 바닥에 내동댕이쳤다. 그러고는 자리에서 벌떡 일어나 책상 앞에 몸을 굽히고 서류를 정리하는 모습은 정말로 꼴사나워 보였다. 그처럼 나이 든 사람에게서 그런 모습을 보는 것은 무척 애처로운 일이었다. 그럼에도 그는 여러 면에서 나에게 소중한 존재였는데, 다시 말해 정오가 되기 전까지는 다른 사람들과 비교도 안 될 정도로 많은 일을 성의를 다해 민첩하게 처리했다. 이런 이유 때문에 나는 물론 가끔 나무라기도 했지만, 그의 기벽을 눈감아 주었다. 또 꾸짖더라도 부드러운 말투로 했다. 그가 오전 시간에는 더없이 정중하고, 아니, 지극히 온화하고 예의 바른 사람이지만, 오후가 되면 뭔가 조금이라도 기분 나쁜 일이 있으면 입에서 거친 소리가 튀어나오는, 사실상 성질이 무례해지는 경향이 있었기 때문이다. 그래서 나는 그의 오전 근무를 여느 때처럼 높이 평가해 그의 능력을 놓쳐서는 안 되겠다는 생각을 하면서도, 동시에 12시가 지나면 나타나는 그의

---

* 기름과 가스를 다량 함유한 석탄.

** Sand-box: 압지가 없던 시절, 잉크를 말리기 위해 뿌리는 모래를 담아 놓은 통.

불같은 성질 때문에 기분이 편치 못했다. 평화주의자인 나는 자칫 그에게 충고를 했다가 그로부터 퉁명스러운 말대꾸를 받을 마음이 없어서, 어느 토요일 오후 (그는 토요일만 되면 더 심했다.) 그에게 매우 친절하게 넌지시 말했다. 이제 나이도 들었으니 일을 좀 줄이면 좋지 않겠느냐고. 간단히 말해, 12시가 지나면 점심을 먹고 사무실에 오지 말고 곧장 하숙집으로 돌아가 쉬는 게 어떻겠냐고 말했다. 하지만 소용이 없었다. 그는 오후에도 계속 근무를 하겠다고 고집을 피웠다. 그가 사무실 저편 끝에서 긴 자를 휘두르면서 오전의 근무가 유용하다면 오후의 근무도 그 얼마나 필요하겠느냐고 연설조로 나를 납득시키는 동안 그의 얼굴은 견딜 수 없을 정도로 벌겋게 달아올랐다.

"외람된 말씀입니다만 선생님." 터키가 말했다. "저는 선생님의 오른팔이라고 생각하고 있습니다. 오전에는 군대를 정비하고 전개시킬 뿐이지만, 오후에는 제가 직접 선두에 서서 용감하게 적진 깊숙이 돌격하죠. 자, 이렇게 말입니다!"라고 말하면서 자를 앞쪽 허공을 향해 격렬하게 찔러댔다.

"하지만, 얼룩 때문에 말이야, 터키." 나는 슬그머니 입을 열었다.

"예, 사실이죠. 하지만, 외람된 말씀입니다만 선생님. 이 머리카락을 좀 보세요! 저도 늙어 가고 있습니다, 선생님. 포근한 오후에 잉크 얼룩이 한두 군데 묻었다고 해서 이렇게 세어빠진 머리카락을 심하게 나무랄 순 없지 않겠습니까. 나이가들어 잉크 자국으로 서류를 망쳐 놓긴 하지만 노년은 존중받아야 합니다. 외람된 말씀입니다만 선생님, 저나 선생님이나함께 늙어 가는 처지 아닙니까."

동료 의식을 내세운 이런 호소에 나로선 어떻게 할 도리가없었다. 어쨌든 나는 그가 일찍 퇴근할 일이 없으리라는 것을알았다. 그래서 그를 그대로 두자고 마음먹긴 했지만, 다만 오후 시간에는 별로 중요하지 않은 서류 업무만을 시키기로 결정을 내렸다.

내 명단의 두 번째 사람인 니퍼스는 구레나룻 수염이 텁수룩하게 나 있고 혈색이 누르스름하고 해적처럼 생긴 스물다섯 살가량 되어 보이는 청년이다. 나는 늘 이 젊은이를 야심과 소화불량이라는 두 개의 사악한 힘의 희생자로 생각했다. 그 야심은 자신이 한낱 서류를 베끼는 필경사에 불과하다는 사실을 견디지 못해, 법률 문서의 초안 작성과 같은 상당히 전문적인 일까지도 주제넘게 나서는 데에서 잘 드러나 있다. 그리고 소화불량은 이따금씩 드러내는 그의 조급함과 이를 드러내며 짜증을 내는 표정에서 엿볼 수 있는데, 서류를 베끼다가 실수라도 하면 화를 참지 못하고 소리 나게 이를 갈았다. 또 일을 한참 하다가 말로 표현하기보다는 입에서 피식 소리를 내며 알아듣지도 못할 욕설을 내뱉었다. 특히 그가 일하는 책상의 높이에 대해 시도 때도 없이 불평을 늘어놓았다. 기계를 다루는 데 뛰어난 재능이 있었지만, 니퍼스는 이 책상만큼은 자기에게 꼭 맞게 고칠 수 없었다. 책상다리 밑에 나무토막, 잡동사니, 판지 조각 같은 것을 밀어넣은 뒤 마지막으로 압지를 접어 미세하게 끼워 보기도 했다. 하지만 어떤 방법도 소용이 없었다. 그는 등을 편안하게 하기 위해 책상 덮개판을 그의 턱에 닿을 정도로 가파르게 기울여 놓은 다음 마치 네덜란드 민가의 가파른 지붕을 책상으로 사용하는 것처럼 거기에 서류를 올려놓고 글을 썼다. 이렇게 해서 글을 쓰니 또 팔에 혈액순환이 잘 안 된다고 야단법석을 떨었다. 그래서 이번에는 책상을 허리띠 높이까지 낮추고 그 위에 몸을 수그리고 글을 썼는데, 그러자 등이 욱신욱신 쑤시고 아파 왔다. 간단히 말해, 문제의 진실은 니퍼스가 자신이 뭘 원하는지 모른다는 것이었다. 그가 원하는 것이 있다면, 그것은 필경사의 책상을 아예 없애 버리는 것이었다. 그의 병적인 야심은 그가 고객이라고 부르는 꾀죄죄한 옷을 걸친 흐리멍덩해 보이는 친구들의 방문을 아주 즐겁게 맞이한다는 데서도 드러났다. 실제로 나는 그가 때로 지역 정치꾼으로 상당한 행세를 할 뿐 아니라, 이따금 법원에도 들락거리며 약간의 거래를 해 툼스 교도소*의 계단에서는 제법 알려진 인물이라는 사실을 알고 있었다. 하지만 나는 내 사무실로 그를 찾아온 어떤 사람이, 그는 자기 단골고객이라고 으스대며 우겨댔지만 실은 빚쟁이에 불과했으며, 그가 부동산 권리증서라고 주장한 것도 어음에 지나지 않는다고 믿을 만한 이유가 충분히 있었다. 그러나 그는 여러 결점과 나를 짜증나게 만드는 행동에도 불구하고 그의 동료인 터키처럼, 나한테는 매우 쓸모 있는 사람이었다. 그는 글을 반듯하고 빠르게 썼으며 또 필요한 경우 일종의 신사다운 행세를 하기도 했다. 게다가 옷도 항상 신사처럼 입고 다녔는데, 우연인지 몰라도 아무튼 그 덕에 내 사무실의 평판이 올라갔다. 그에 비해 터키의 경우, 내가 욕이나 먹지 않을까 여간 신경 쓰이는 것이 아니었다. 그의 옷은 기름이 번질번질 배어 있고 싸구려 식당 냄새 같은 것을 풍겼다. 그리고 여름에는 늘어진 헐렁한 바지를 입었고, 외투는 혐오스러웠으며 또 모자는 손대기가 싫을 정도였다. 하지만 남

---

* The Tombs: 뉴욕시 교도소를 가리킴. 일설에 따르면 건물 양식이 '이집트 영묘'를 본따 지어서 그렇게 불렀다고 한다. '이집트 영묘'처럼 웅장하지만 내부에는 창문도, 실내조명도 없어 수용자들에게는 진짜 '무덤'과도 같았을 것이다.

의 밑에서 일하는 영국인으로서 그가 사무실에 들어올 때마다 당연히 예의와 존경으로 모자를 벗었으므로 모자만큼은 나한테 크게 문제가 되지 않았다. 하지만 외투의 경우는 달랐다. 나는 외투에 관해 그에게 설득도 해 봤지만 아무 소용이 없었다. 사실 수입이 그렇게 적은 사람이니 윤기 나는 얼굴과 근사한 외투를 동시에 과시할 경제적 여유가 되지 않을 거라고 생각한다. 니퍼스가 전에 말했던 것처럼, 터키의 돈은 주로 붉은 잉크*를 사는 데 소비되었다. 어느 겨울날 나는 터키에게 내가 입던 멋진 외투 하나를 선물했다. 무릎에서 목까지 단추가 곧게 달려 있고 솜을 넣은 따뜻한 잿빛 외투였다. 나는 그가 내 호의를 고맙게 생각해 오후의 무례하고 무모한 행동을 좀 자제해 줄 것으로 생각했다. 그러나 그렇지 않았다. 나는 저렇게 포근하고 담요처럼 따뜻한 외투로 몸을 감싸고 있는 것이 도리어 그에게 나쁜 영향을 미쳤다고 생각했다. 너무 많은 귀리는 말에게 해롭다는 것과 같은 이치이다. 사실 지나치게 고집 센 말을 보고 귀리 탓이라 하듯이, 터키도 외투 때문에 그렇게 되었다. 외투가 그를 건방지게 만든 것이다. 그는 풍요로 인해 도리어 해를 입은 그런 사람이었다.

* Red ink: 속어로 '싸구려 레드 와인' 혹은 그냥 '싸구려 술'을 가리킨다.

터키의 제멋대로 하는 습관에 대해서 나는 내 나름대로 이런저런 추측을 하고 있었지만, 니퍼스의 경우 다른 면에서 허물이 있더라도, 적어도 술을 절제할 줄 아는 젊은이라고 나는 확고하게 믿고 있었다. 하지만 사실 본성이 포도주 제조업자였던 것처럼 보였는데, 그는 태어날 때부터 화를 잘 내고 브랜디처럼 독한 기질로 가득 채워져 있어 그 뒤부터 그에겐 술이 더 이상 필요 없게 되었다. 예컨대 그는 사무실에서 조용히 일을 하다가 가끔 못 참겠다는 듯이 의자에서 벌떡 일어나, 책상 위로 상체를 굽히고 두 팔을 쫙 펼쳐 책상을 움켜쥐고, 험악한 자세로 이리저리 마구 흔들며 바닥에 대고 짓찧기도 했는데, 마치 책상이 자기를 훼방 놓고 괴롭히려는 고집불통의 매개자라도 되는 듯 생각하는 것 같았다. 그래서 나는 물 탄 브랜디가 니퍼스에게 전혀 필요치 않다는 것을 똑똑히 보았다.

니퍼스의 이런 행동은 소화불량이라는 괴상한 원인 때문인데, 흥분에 이어 나타나는 신경과민증은 주로 오전에만 나타났고, 오후에는 비교적 잠잠해 내게는 다행한 일이었다. 그래서 터키의 발작은 12시쯤 일어나기 때문에 나는 이 두 사람의 괴상한 행동을 동시에 겪지 않았다. 그들의 발작은 보초들이 서로 교대하듯이 번갈아 일어났다. 니퍼스의 발작이 일어나면 터키는 잠잠했고, 터키가 발작하면 니퍼스는 조용했다. 이것은 우리가 처한 상황에서 볼 때 자연의 오묘한 조화였다.

내 명단에 있는 세 번째 인물인 진저넛은 열두 살가량의 소년이다. 그의 아버지는 마부였는데, 살아생전에 자식만은 마부석이 아니라 재판관의 자리에 앉는 모습을 보는 게 소원이었다. 그리하여 그는 심부름도 하고 청소도 하면서 틈틈이 법률 공부도 좀 하도록 일주일에 1달러의 보수를 받는 조건으로 아들을 내 사무실로 보낸 것이다. 그에게는 조그마한 책상도 하나 있었지만 그렇게 자주 사용하진 않았다. 책상 서랍을 열어 보니 여러 종류의 열매껍질이 수북이 들어 있었다. 정말이지, 이 기민한 소년에게는 법률이라는 고상한 학문 전체가 한 개의 열매껍질 속에 담겨 있었다. 진저넛이 하는 일 중에서 상당한 비중을 차지하고, 또 날렵하게 하는 한 가지 일은 터키와 니퍼스에게 과자와 사과를 조달해 주는 임무였다. 법률문서를 베끼는 일은 보통 메마르고 건조한 일이어서, 나의 두 필경사는 세관과 우체국 근처의 많은 노점에서 파는 스피첸버그*로 입을 자주 축이기를 좋아했다. 그들은 또 진저넛에게 매운맛이 나는 작고 납작하고 둥근 색다른 과자를 사 오

* Spitzenberg: 여름에 익는 적색 및 황색 수종의 미국산 사과.

도록 자주 심부름을 시켰는데, 진저넛이라는 별명도 바로 이 과자의 이름을 따서 지은 것이었다. 하는 일이 지루하게 느껴지는 추운 아침이면, 터키는 그 과자가 웨이퍼*라도 되는 것처럼 몇십 개를 게걸스럽게 먹곤 했다. 사실, 1센트만 내면 여섯 개나 여덟 개를 살 수 있었다. 그래서 펜을 긁는 사각거리는 소리와 그의 입 안에서 바삭한 과자 조각을 부수는 소리가 한데 섞여 들려왔다. 오후가 되면 터키가 불같이 타올라 저지른 큰 실수나 경솔한 행동 중에는, 생강과자를 입술 사이에 물고 침을 적셔서 봉인 대신 저당 증서에 탁 내리쳐 찍어 놓은 사건이 있었다. 그때 나는 하마터면 그를 해고할 뻔했었다. 그런데 그가 동양식으로 머리를 조아리며 다음과 같이 말하는 바람에 나는 마음이 가라앉았다. "외람된 말씀입니다만 선생님, 변호사님의 문구류는 너그럽게 제 개인 돈으로 산 것들인데요."

이즈음 나는 부동산양도 전문 및 소유권 관련 변호사, 까다로운 온갖 종류의 서류 작성자라는 원래의 일을 하고 있었을 뿐 아니라 동시에 형평법법원 주사의 일까지 보게 되어 무척 바빠졌다. 이제 필경사들의 일도 많아졌다. 같이 일하는

---

* Wafer: 얇고 바삭하게 구운 과자.

서기들을 다그쳐도 일손이 달려 서기를 더 고용할 필요가 있었다. 어느 날 아침, 신문에 낸 광고를 보고 얌전해 보이는 한 젊은이가 내 사무실을 찾아와 문턱에 서 있었다. 여름철이라 문을 열어 놓고 있었다. 나는 지금도 그때의 모습을 기억하고 있는데 그는 얼굴이 창백하리만치 말끔했고, 동정이 갈 만큼 예의가 발랐으며, 어떻게 해 볼 도리가 없을 정도로 외로워 보였다. 그 사람이 바로 바틀비였다.

일을 시키기에 적합한지 몇 마디 질문을 하고 난 뒤, 나는 그를 채용했다. 수수한 용모의 젊은이를 나의 필경사 단원에 포함시켜 기뻤다. 그래서 나는 그의 채용이 터키의 괴상한 기질이나 니퍼스의 불같은 성질에 긍정적으로 영향을 끼칠지도 모른다고 생각했다.

미리 말했어야 했는데, 내 사무실은 접이식 불투명 유리문을 이용해 두 칸으로 나누어서 한 칸은 필경사들이 사용하고 다른 한 칸은 내가 쓰고 있다. 나는 기분에 따라 그 문을 열어 놓기도 하고 닫아 놓기도 했다. 나는 이 접이문 옆이긴 하나 내 쪽에 가까운 구석 자리를 바틀비한테 내 주기로 마음먹었다. 그렇게 하면 자질구레한 일이 생길 때마다 이 조용한 사람을 쉽게 부를 수 있기 때문이었다. 책상을 조그만 창문 쪽으로 바짝 붙여 놓기로 했다. 이 창문에서 측면으로 보면 지저분한 뒤뜰과 벽돌담이 보였지만, 그 후 건물들이 증축되고 난 뒤부터는 빛이 약간 들어오긴 해도 창문 앞은 거의 보이지 않았다. 창문에서 옆 건물 벽까지는 채 1미터도 되지 않아, 빛은 흡사 둥근 천장의 조그만 구멍에서 들어오는 것처럼 두 개의 높은 건물 사이 저 높은 곳에서 내려왔다. 나는 배치를 좀더 잘해 보려고 큰 초록색 칸막이를 쳤다. 그러면 바틀비는 내 시야에서 완전히 벗어나 있지만 내 목소리는 충분히 들을 수 있었다. 이렇게 해 놓으니 프라이버시와 업무 소통 모두 만족스럽게 되었다.

처음에 바틀비는 일을 아주 많이 했다. 서류를 베껴 쓰는 일에 걸신이라도 들린 듯, 그는 서류를 단숨에 집어삼켰다. 소화할 겨를도 없었다. 낮에는 햇빛으로, 밤에는 양초 빛으로 밤낮을 가리지 않고 서류를 베끼기 시작했다. 그가 콧노래를 부르며 즐겁게 일을 한다면야 나는 무척 기분이 좋았을 것이다. 하지만 그는 그저 아무 말없이, 무기력하게, 기계적으로 일할 뿐이었다.

물론 자기가 베껴 쓴 서류가 맞는지 한 자 한 자 대조해 보는 것도 필경사의 업무 중 중요한 부분이다. 사무실에 두 명이나 그 이상의 필경사가 있는 경우, 한 명은 원본을 들고 다른 한 명이 베낀 것을 읽으며 틀린 것이 있는지 대조해 나간다. 이런 일은 무척이나 지루하고 싫증나고 졸음이 오는 작업이다. 특히 다혈질의 사람에겐 정말로 참을 수 없는 일이라는 것을 능히 짐작할 수 있다. 예컨대 정열의 시인 바이런이 바틀비 옆에 조용히 앉아 글씨가 빼곡히 들어찬 5백여 쪽이나 되는 법률문서를 즐겁게 검토했다고 한다면, 나는 믿지 않을 것이다.

이따금 급하게 일을 처리할 경우가 생기면 나는 가끔 터키나 니퍼스를 불러 간단한 문서 대조작업을 거들어 주는 습관이 있었다. 내가 바틀비를 칸막이 뒤 나에게 가까운 곳에 앉혀 놓은 목적은 그런 사소한 일이 생기면 그의 도움을 이용하기 위함이었다. 생각해 보니 그런 일이 일어난 것은 그가 나에게 온 지 사흘째 되던 날이었는데, 그가 베낀 서류를 검토해 볼 필요가 아직은 없었을 때였다. 그날 나는 자질구레한 일을 신속히 처리할 필요가 있어 급히 바틀비를 불렀다. 급하기도 하고 또 그가 즉시 나에게 올 것이라 당연히 예상했기 때문에, 나는 고개를 숙여 책상 위에 놓여 있는 원본에서 눈을 떼지 않은 채 필사본을 든 오른손을 초조하게 옆으로 불쑥 내밀었다. 바틀비가 자신의 은신처에서 나오는 즉시 그 사본을 냉큼 집어 들고 지체 없이 일을 시작할 거라고 생각했다.

나는 그런 자세로 앉아 그에게 소리를 질러, 내가 그에게 원하는 일, 다시 말해 나와 함께 소소한 서류를 대조해 보자고 급히 말했다. 그런데 바틀비는 자리에서 꼼짝도 하지 않고 이상하게도 부드럽고 단호한 목소리로 "안 하는 편이 더 좋겠습니다."라고 대답했을 때 내가 얼마나 놀라고, 아니 까무러칠 뻔했는지 한번 상상해 보라.

나는 완전한 침묵에 빠져 잠시 앉아 있다가 망연자실한 정신을 다시 가다듬었다. 순간 내가 뭔가 잘못 들었든지 아니면 바틀비가 내 말을 전혀 이해하지 못했든지 하는 생각이 내 머리를 스쳐 지나갔다. 나는 큰 목소리로 또박또박 다시 한번 말했다. 하지만 아까와 똑같은 뚜렷한 대답이 다시 들려왔다. "안 하는 편이 더 좋겠습니다."

"안 하는 편이 더 좋겠다니." 나는 흥분해서 자리에서 벌떡 일어나 방을 성큼성큼 건너가며 그의 말을 흉내 냈다. "무슨 소리야? 자네 정신 나갔나? 나를 도와 여기 이 문서를 같이 비교해 보자고, 자, 받아." 그에게 문서를 내밀었다.

"안 하는 편이 더 좋겠습니다." 그가 말했다.

나는 그의 얼굴을 뚫어지게 쳐다보았다. 그의 얼굴은 냉정할 정도로 침착했고, 회색 눈은 흐릿하게 가라앉아 있었다. 심적인 동요를 암시하는 주름살 하나도 꿈틀거리지 않았다. 그의 태도에 불안감, 분노, 조급함, 무례함 같은 것, 다시 말해 그에게 인간의 통상적인 면이 조금이라도 엿보였더라면, 나는 당장 그를 내 사무실 밖으로 내쫓아 버렸을 것이다. 그러나 그때 내 심정은 카이사르의 창백한 소석고燒石膏 흉상을 창문 밖으로 던져 버리는 편이 차라리 나았을 것이다. 나는 서서 그가 글을 쓰고 있는 모습을 한참 동안 우두커니 지켜보고 있다가 다시 내 자리로 돌아와 앉았다. 참 이상한 일이라는 생각이 들었다. 어떻게 하면 좋단 말인가? 하지만 당장 처리할 일이 있어 그 문제는 잠시 잊기로 하고 나중에 다시 생각해 보기로 했다. 그래서 다른 방에 있는 니퍼스를 불러 급한 대로 서둘러 문서를 맞추어 보았다.

이 일이 있은 며칠 뒤, 바틀비는 긴 문서 네 부의 필사를 마쳤다. 그것은 형평법법원에서 일주일 동안 내가 청취한 진술을 네 번 베껴 쓰는 일이었다. 그래서 다시 읽어 대조해 볼 필요가 있었다. 중요한 소송인지라 정확성이 무엇보다 중요했다. 나는 모든 준비를 하고 옆방에 있는 터키, 니퍼스, 진저넛을 불러 바틀비를 포함한 네 명의 직원에게 각각 필사본을 넘겨주고 내가 원본을 읽을 작정이었다. 그리하여 터키, 니퍼스, 진저넛이 내 지시에 따라 사본을 한 부씩 들고 일렬로 자리에 앉았을 때, 나는 바틀비를 불러 이 흥미로운 그룹에 동참하라고 말했다.

"바틀비! 서둘러, 기다리고 있어."

카펫이 깔려 있지 않은 바닥에서 그의 의자 다리가 천천히 긁히는 소리가 들렸다. 그리고 곧 은둔자의 오두막이라 할 수 있는 구석진 곳에 서 있는 그의 모습이 보였다.

"무슨 일이신지요?" 그가 공손하게 말했다.

"서류의 사본, 사본 말이야." 내가 급하게 말했다. "읽으면서 함께 맞추어 보려고 하는 거야. 자……." 나는 네 번째 사본을 그 앞에 내밀었다.

그는 "안 하는 편이 더 좋겠습니다."라고 말하고는 칸막이 뒤로 모습을 감추었다.

짧은 순간 나는 열을 지어 앉아 있는 서기들 앞에 서서 소금기둥*이 되어 버렸다. 겨우 정신을 차리고 칸막이 쪽으로 걸어가 왜 이런 얼토당토않은 행동을 하는지 물어보았다.

"왜 거절하는 거지?"

"안 하는 편이 더 좋겠습니다."

다른 녀석이었더라면 나는 분노에 휩싸였을 테고 그가 더 이상 무슨 말을 하든 내 면전에서 그를 굴욕스럽게 쫓아냈을

---

* Pillar of salt: 『구약성서』의 창세기 19장 23~29절에 "소돔과 고모라 성이 멸망할 때 롯의 아내가 도망치다가 천사의 경고를 무시하고 뒤를 돌아보았다가 소금기둥이 되었다." 라는 표현이 나온다. 하나님의 명령을 거스르는 자가 맞이할 비참한 최후를 보여 준다.

것이다. 하지만 바틀비에게는 이상하리만큼 내 분노를 가라앉힐 뿐 아니라 놀라운 방법으로 내 마음을 움직여 혼란스럽게 만드는 그 무엇이 있었다. 나는 그가 알아듣도록 말하기 시작했다.

"우리가 지금 검토하려고 하는 것은 자네가 베낀 서류야. 자네가 쓴 네 통의 서류를 한꺼번에 읽어서 검토하면 자네한테도 시간이 절약될 테고 말이야. 이건 흔히 하는 방법이야. 모든 서기들은 자신이 베낀 서류를 서로 도와 가며 대조작업을 하도록 되어 있어. 그렇지 않은가? 말 안 할 텐가? 대답해 봐!"

"안 하는 편이 더 좋겠습니다." 그는 플루트 소리 같은 음색으로 대답했다. 내가 말하고 있는 동안 그는 내 말을 곰곰이 생각해 그 의미를 완전히 파악한 뒤, 당연한 결론을 부정하지는 못하는 것처럼 보였다. 하지만 동시에 그는 어떤 중요한 이유 때문에 그렇게 대답할 수밖에 없어 보였다.

"그렇다면 내 요구를 따르지 않기로 결심한 건가? 관례와 상식에 따른 내 요청을 말이야!"

그는 그 점에서는 내 판단이 옳다고 간단히 말했다. 그렇다. 그의 결정은 뒤집을 수 없는 것이었다.

인간은 전례도 없고 이치에도 맞지 않는 방식으로 봉변을 당하게 되면, 자신만만한 신념마저 흔들리는 경우가 생긴다. 말하자면 자신의 확신이 아무리 훌륭하더라도 모든 정의와 이치가 그 반대편에 있을지도 모른다는 막연한 의심이 들기 시작한다. 따라서 그 일에 이해관계가 없는 사람들이 그 자리에 있게 되면, 그들에게 의지해 자신의 흔들리는 마음을 다잡으려 한다.

"터키, 이 일을 어떻게 생각하나? 내 말이 옳지 않은가?"

"외람된 말씀입니다만 선생님." 터키가 정중하게 대답했다. "전 선생님이 옳다고 봅니다."

"니퍼스, 자넨 어떻게 생각하나?"

"전 저자를 사무실 바깥으로 걷어차 버려야 한다고 생각합니다."

(이해력이 좋은 독자라면 때는 아침 시간인지라 터키는 공손하고 차분하게 대답했고, 니퍼스는 심술궂게 말했다는 사실을 알아차릴 것이다. 다시 말해 니퍼스의 고약한 태도는 한창이었고, 터키의 경우는 쉬고 있는 중이었다.)

"전저넛." 나는 내 편이라면 아무리 사소한 것이라도 긁어모을 심산으로 말했다. "자네 생각은 어때?"

"제 생각으로는 말입니다, 선생님, 저분 약간 돈 것 같습니다." 전저넛은 씩 웃으며 대답했다.

"이 사람들이 말하는 의견 다 들었지? 이리 와서 자네 할 일을 하게." 나는 칸막이 쪽으로 고개를 돌리며 말했다.

그러나 그는 어떤 대답도 하지 않았다. 나는 무척 황당한 기분이 들어 잠시 생각해 보았다. 하지만 이번에도 서둘러 처리할 많은 일들이 있었다. 그래서 나중에 시간이 있을 때 이 황당한 딜레마를 다시 찬찬히 생각해 보기로 했다. 힘이 약간 더 들기는 했지만 우리는 바틀비를 제외하고 사본 검토 작업을 그럭저럭 끝낼 수 있었다. 물론 터키는 한두 페이지가 넘어갈 때마다 공손한 말투로 이 작업은 정말로 관례에 어긋나는 것이라고 말했으며, 니퍼스는 의자에 앉아서 소화불량에다 신경질적인 태도로 몸을 씰룩거리며 칸막이 뒤의 고집 피우는 얼간이를 향해 이를 갈며 악담을 퍼부어댔다. 자신의 경우 보수도 받지 않고 남의 일을 해 주는 것이 처음이자 마지막일 거라는 거였다.

그러는 동안 바틀비는 그의 은신처에 앉아 모든 것을 잊어버리고 자기 일에만 몰두했다.

며칠이 지나고 이 서기는 시간이 걸리는 다른 일을 배정받았다. 지난번에 있었던 그의 이상한 행동으로 나는 그의 습성을 면밀히 관찰하게 되었다. 그가 사무실 밖으로 나가 식사하는 일이 절대로 없다는 사실을 알았다. 도대체 밖에 나가는 일이라곤 없었다. 내가 알기로 그는 내 사무실 밖으로 나간 적이 한 번도 없었다. 그는 내 사무실 한쪽 구석에 붙어 있는 영원한 보초였다. 그래도 오전 11시쯤 되면 내가 앉아 있는 자리에서는 눈치채지 못할 정도로 진저넛에게 손짓을 하는 것 같았는데, 그러면 진저넛은 바틀비의 칸막이가 있는 곳으로 다가가는 것이 가끔 눈에 띄었다. 그러면 소년은 동전 몇 푼을 주머니 안에 쩔렁거리며 사무실 밖으로 나가 생강과자 한 움큼을 들고 되돌아와 그 은자의 거처에 갖다 주고 수고한 대가로 과자 2개 정도를 받았다.

그렇다면, 저 친구는 생강과자를 먹고 사는군, 하고 나는 생각했다. 정확히 말해 식사를 전혀 하지 않는군. 그러면 채식주의자인가. 아냐. 채소도 먹지 않아. 먹는 것이라고는 오로지 생강과자뿐이야. 그래서 나는 생강과자만 줄기차게 먹을 경우 인체에 어떤 영향을 끼칠 것인가에 대해 이런저런 공상을 해 보았다. 생강과자는 그 독특한 성분의 하나인 향기가 강한 생강이 들어 있기 때문에 이런 이름이 붙여졌다. 그러면 생강은 무엇인가? 얼얼하고 매운맛이 나는 것이 아닌가? 바틀비도 생강처럼 얼얼하고 매서운가? 아니야, 결코 아냐. 생강은 바틀비에게 아무런 영향도 끼치지 않았어. 어쩌면 그도 생강의 영향을 받고 싶지 않았을 거야.

소극적인 저항만큼 성실한 인간을 짜증나게 만드는 것도 없다. 만약 저항을 당하는 사람이 몰인정하지 않고, 또 저항하는 사람도 자기의 소극적인 태도에 악의가 없는 것이라면, 저항 당하는 사람의 기분이 그리 나쁘지 않을 때, 그는 자신의 판단으로 해결될 수 없는 일에 대해 상상력을 동원해 너그럽게 해석해 보려고 애쓸 것이다. 이해하기 힘들긴 해도, 대부분의 경우 나는 바틀비와 그의 행동방식을 존중했다. 나는 생각했다. 불쌍한 사람이야! 악한 마음이라곤 조금도 없어. 무례하게 굴려는 의도가 없는 것이 분명해. 그의 얼굴을 보면 그의 괴상한 행동이 의도적이 아니라는 것을 알 수 있어. 그는 나에게 쓸모 있는 사람이야. 그와 잘 지낼 수 있을 거야. 내가 쫓아내기라도 하면, 좋지 못한 고용주 밑에 들어가 구박받아 어쩌면 끼니도 채우지 못할 처지가 될지도 몰라. 그래. 여기서 난 자기만족이라는 괜찮은 물건을 값싸게 살 수 있어. 바틀비와 친구가 되고, 그의 괴팍한 고집에 비위를 맞추더라도 내가 손해 볼 건 없을 거야. 결국 그건 내 양심에 달콤한 양식이 될 만한 것을 내 영혼 안에 비축해 두는 셈이 되는 거지. 그러나 이런 내 기분이 계속 유지된 것은 아니었다. 바틀비의 수동적인 태도가 나를 짜증나게 했다. 나는 새로운 대립 관계로 그와 맞서고 싶었는데, 나의 분노에 대적할 수 있는 분노의 불씨를 그로부터 끌어내고 싶은 묘한 충동에 사로잡혔다. 그러나 오히려 나는 윈저 비누*를 손가락 마디에 대고 비벼 불티를 만들어 내려고 시도하는 편이 더 나았을 것이다. 그래도 어느 날 오후 나는 사악한 충동에 사로잡혀 그에게 다음과 같이 말했다.

"바틀비!" 내가 말했다. "그 서류를 다 베끼면 자네하고 맞추어 보고 싶은데."

"안 하는 편이 더 좋겠습니다."

"뭐라고? 뚱딴지같은 고집을 피울 심산은 아니겠지?"

대답이 없었다.

나는 접이문을 홱 열어젖히고 터키와 니퍼스 쪽으로 몸을 돌리고선 소리쳤다.

"바틀비가 이번에도 서류 검토 작업을 하지 않으려고 하는데 말이야, 어떻게 생각해, 터키?"

기억해 뒀어야 하겠지만 이때가 오후 시간이었다. 터키는 놋쇠 화로처럼 얼굴이 벌겋게 달아오른 채 앉아 있었다. 그의 벗어진 머리에서는 김이 솟아나고 있었고 두 손은 잉크 얼룩이 묻은 서류 사이를 헤집고 있었다.

---

* Windsor soap: 보통 갈색 또는 백색의 향료를 넣은 화장비누.

"어떻게 생각하느냐고요?" 터키가 으르렁거렸다. "저 같으면 칸막이 뒤로 가서 녀석의 눈을 멍이 들 때까지 갈겨 주겠어요."

그렇게 말하면서 터키는 일어나더니 두 팔을 쭉 내밀어 권투경기를 하는 자세를 취해 보였다. 그가 자기가 한 말에 책임이라도 지려는 것처럼 그쪽으로 허둥지둥 뛰어가려는 순간, 나는 그를 겨우 붙들었다. 경솔하게도 나는 점심 식사 이후에 터키의 우락부락하는 난폭성을 부추긴 데 대한 대가를 톡톡히 치렀다.

"좀 앉게, 터키." 내가 말했다. "니퍼스의 생각도 한번 들어 보세. 자넨 어떻게 생각하나, 니퍼스? 당장 바틀비를 해고해도 괜찮겠지?"

"죄송합니다. 그것은 선생님이 결정할 문제지요, 선생님. 저도 저 친구의 행동이 이상하다는 걸 알고 있죠. 터키와 제 입장에서 볼 때, 좀체 이해할 수 없는 사람이죠. 하지만 일시적인 변덕일지도 모릅니다."

"아!" 나는 소리쳤다. "자넨 이상하게도 마음을 바꿨군… 이젠 꽤 호의적으로 말하는데."

"모두 맥주 때문입니다." 터키가 외쳤다. "맥주 덕에 너그러워진 거죠… 오늘 니퍼스와 점심을 먹었습니다. 변호사님도

제가 얼마나 너그러운 놈인지 아실 겁니다. 제가 가서 그 녀석의 눈을 한 대 갈겨 줄까요?"

"바틀비한테 말이야? 안 돼. 오늘은 안 돼, 터키." 내가 대답했다. "제발, 좀 참게."

나는 문을 닫고 다시 바틀비에게 갔다. 나는 내 운명을 시험해 보고 싶은 새로운 충동이 생겼다. 다시 저항을 받고 싶은 마음이 불타올랐던 것이다. 나는 바틀비가 절대 사무실 바깥을 나가지 않는다는 사실을 잊지 않고 있었다.

"바틀비!" 내가 말했다. "진저넛이 지금 없어. 우체국까지 심부름 좀 가 주지 않겠나? (걸어서 3분밖에 안 되는 거리였다.) 나한테 우편물이 와 있는지 알아봐 주게."

"안 하는 편이 더 좋겠습니다."

"가지 않겠다는 건가?"

"안 하는 편이 더 좋겠습니다."

나는 비틀거리며 내 책상으로 돌아와 자리에 앉아 깊은 생각에 잠겼다. 맹목적이자 뿌리 깊은 내 고집이 되살아났다. 내가 고용한 이 말라빠진 빈털터리 인간에게 굴욕적으로 퇴짜당할 만한 일이 또 없을까? 완전히 합당한 요구지만 그놈이 어김없이 거절할 게 또 무엇이 있지?

"바틀비!"

대답이 없었다.

"바틀비!" 더 큰소리로 불렀다.

역시 대답이 없었다.

"바틀비!" 나는 으르렁거리듯 기를 쓰며 불렀다.

바틀비는 마술 주문에 따라 움직이는 유령처럼 세 번째 부름에야 겨우 은둔지의 입구에 모습을 드러냈다.

"옆방에 가서 니퍼스에게 내게 오라고 전해 주게."

"안 하는 편이 더 좋겠습니다." 그는 정중하게 천천히 말하고는 조용히 사라졌다.

"그래, 바틀비." 나는 지금 당장 무시무시한 복수라도 하겠다고 작정한 사람처럼 감정을 억제한, 지극히 차분한 음성으로 말했다. 그 순간 나는 보복할 마음을 어느 정도 염두에 두고 있었다. 그러나 저녁 먹을 시간이 다가옴에 따라 나는 무척 언짢고 당혹스러운 기분에 시달렸으니, 결국 모자를 쓰고 그냥 집으로 가는 게 최상이라고 생각했다.

이 사건을 눈감아 줘야 할 것인가? 결국 이 사건의 결말은 다음과 같이 되고 말았다. 우선 이런 상황이 곧 내 사무실에서 기정사실이 되어 버렸다는 것, 즉 얼굴이 창백한 바틀비라는 이름의 한 젊은 서기가 내 사무실 한구석에 제 책상을 놓고 2절판 1장(1백 단어)당 4센트라는 일반적인 보수를 받고 내 서류를 베끼고 있지만 자신이 베낀 서류를 원본과 대조하는 작업은 영구히 면제되어 있다는 것, 그 작업은 터키와 니퍼스가 일을 민첩하게 잘 처리하는 관계로 그들에게 넘겨졌다는 것, 게다가 바틀비한테는 아무리 사소한 심부름이라도 시킬 수 없고, 그에게 그런 일을 부탁해 봐도 대개 "안 하는 편이 더 좋겠습니다."라는 말만 되풀이할 뿐, 달리 말해 노골적인 퇴짜만 놓으리라는 것, 등을 모두가 받아들였다는 사실이다.

며칠이 지나자 나는 바틀비에 대한 감정이 상당 부분 누그러졌다. 그의 착실함, 근면성, 정신 집중(칸막이 뒤에서 환상에 사로잡혀 있을 경우를 제외하고), 침묵, 어떠한 상황에서도 변함없는 태도 등은 내가 그에게서 얻어 낸 소중한 이득이었다. 그중에서도 가장 인상적인 것은 (그는 늘 그곳에 있었다.) 아침에 제일 먼저 출근해 하루 종일 자리를 지켰고 밤에도 항상 맨 마지막까지 남아 있다는 점이었다. 나는 그의 정직함을 남달리 신뢰했다. 아주 중요한 서류라도 그의 손에 맡기면 안심이 되었다. 물론 이따금 그에 대한 억제할 수 없는 분노가 일기도 했다. 왜냐하면 바틀비 쪽에서 볼 때 그가 내 사무실에서 내세우는 무언의 조건들이라 할 수 있는 괴이한 버릇들, 특권, 전례 없는 의무의 면제 따위를 내 쪽에서 언제나 받아들이기란 무척 어려운 일이었기 때문이다. 그래서 가끔 급한 일을 빨리 처리할 마음으로, 이를테면 내가 서류를 묶으려고 할 때 붉은 끈의 첫 매듭을 눌러 달라고 빠르고 급한 목소리로 무심코 바틀비를 부르기도 했다. 물론 칸막이 뒤에서 "안 하는 편이 더 좋겠습니다."라는 답변이 어김없이 흘러나왔다. 그럴 때면 본성에 일반적인 결함이 있는 인간치고 그런 고집불통을 어떻게 호되게 나무라지 않을 수 있겠는가? 그러나 그때마다 그로부터 퇴짜를 받고 나니 나로선 점점 그런 실수를 되풀이하지 않으려 할 뿐이었다.

이쯤 해서 해 두어야 할 말이 있다. 그것은 사람들이 빈번히 출입하는 법조 건물에 사무실을 둔 대부분의 법률가에게 흔히 있는 일로서, 내 사무실의 경우에도 열쇠가 몇 개 있다. 하나는 다락방에 사는 한 여자가 가지고 있는데, 그 여자는 내 사무실을 매주 한 번 걸레질을 하고, 또 매일 쓸고 먼지를 털어 내는 청소부였다. 또 한 개는 편의상 터키가 보관하고 있고, 세 번째 열쇠는 가끔 내 호주머니에 넣고 다녔다. 그리고 네 번째 열쇠는 누가 가지고 있는지 나도 모르고 있었다.

그러던 어느 일요일 아침, 나는 한 유명한 목사의 설교를 들으려고 트리니티 교회로 가고 있었다. 그런데 너무 일찍 가는 것 같아 산책 삼아 내 사무실까지 거닐기로 했다. 다행히 열쇠를 가지고 있어 자물쇠에 열쇠를 꽂으려는 순간 안쪽에서 끼워 넣은 뭔가에 부딪혀 잘 들어가지 않았다. 섬뜩한 기분이 들어 나는 그만 소리를 지르고 말았다. 바로 그때 까무러치게 놀랍게도 안쪽에서 열쇠가 돌아갔다. 그리고 말라빠진 얼굴 하나가 문을 반쯤 열고 유령 같은 모습으로 나타났다. 바틀비였다. 셔츠 소맷자락을 아무렇게나 걷어붙인, 기묘할 정도로 너덜너덜한 평상복을 걸치고 있었다. 그리고 나직한 목소리로 한다는 말이 죄송하지만 지금 하는 일이 무척 바빠 지금 나를 들이지 않는 편이 더 좋겠다는 것이었다. 그러면서 골목을 두세 바퀴 더 돌다 오면 아마 자기의 업무가 끝나 있을 거라는 말을 짧게 덧붙였다.

바틀비가 내 법률 사무소에 기거하면서 일요일 아침에 해골 같은 몰골로, 또 신사인 양 그저 무관심한 태도로, 그러면서도 매사에 확실하고 차분한 모습으로 이렇게 내 앞에 나타난 것은 나에게 이상한 영향을 미쳤다. 그 즉시 나는 문에서 뒷걸음쳐 그가 바라는 대로 건물 밖으로 나와 버렸다. 그러나 이 불가사의한 서기의 침착하리만큼 뻔뻔한 태도에 내가 무력하게나마 반항심이 생기지 않은 것은 아니었다. 실제로 나를 무장해제시켰을 뿐 아니라, 말하자면 나를 남자가 아니게 만든 것은 다름 아닌 그의 놀랄 만한 침착함이었다. 왜냐하면 자기가 고용한 서기가 자기에게 지시를 하고 또 자기 사무실에 들어오지 말라고 명령해도, 그에게 아무런 대꾸도 하지 못하는 인간은 일단 남자가 아니라고 할 수 있기 때문이다. 게다가 아랫도리는 거의 입지 않고 셔츠 하나 달랑 걸친 바틀비가 일요일 아침에 내 사무실에서 뭘 했을지 생각하니 나는 꺼림칙한 심정이 되었다. 무슨 못된 짓이라도 하지 않았을까? 아니다. 그런 일은 절대 없을 거야. 난 바틀비가 부도덕한 인간이라고는 한순간도 생각해 본 적이 없었다. 그렇지만 거기서 무엇을 하고 있었을까? 서류를 베끼고 있었단 말인가? 아니다. 성격이 아무리 괴팍하다 하더라도 바틀비는 꽤 격식을 차리는 사람이다. 거의 알몸의 상태로 책상 앞에 앉아 있을 사람이 절대 아니다. 게다가 그날은 일요일이었다. 바틀비가 어떤 세속적인 일로 안식일의 예법을 어길 것이라고는 도저히 추측할 수 없었다.

그럼에도 나는 마음이 진정되지 못하고 들뜬 호기심이 발동되어 결국 내 사무실로 다시 돌아오고 말았다. 열쇠를 꽂아 넣었지만 아무런 인기척이 없었다. 문을 열고 들어갔는데 바틀비의 모습은 보이지 않았다. 나는 불안감을 감추지 못한 채 이리저리 둘러보고 칸막이 뒤도 슬쩍 들여다보았다. 외출한 것이 분명했다. 방을 좀 더 자세히 살펴보니 정확히 언제부터인지는 모르지만 아무튼 바틀비가 내 사무실에서 먹고, 자고, 옷을 갈아입었을 것이라고 짐작되었는데, 그것도 접시, 거울, 침대도 없이 말이다. 한구석에 놓여 있는 삐걱거리는 낡은 소파의 푹신한 자리에는 야윈 형체가 누웠던 흔적이 희미하게 남아 있었다. 그리고 그의 책상 밑에는 둘둘 말린 담요 한 장이 처박혀 있었고, 비어 있는 난로의 쇠 살대 밑에는 구두약과 솔이, 의자 위에는 비누와 해진 수건 한 장이 들어 있는 양철 대야가 놓여 있었으며, 생강과자의 부스러기와 치즈 조각 하나가 신문지에 싸여 있었다. 그렇다, 나는 바틀비가 이곳을 제집 삼아 혼자 생활해 온 것이 분명하다고 생각했다. 그런데 불현듯 친구 없이 얼마나 비참하고 쓸쓸하게 지냈을까! 하는 생각이 내게 떠올랐다. 궁색함도 그렇거니와 고독감은 또 얼마나 끔찍한 것인가! 독자들도 한번 생각해 보라. 월가는 일요일이면 페트라*처럼 버려진 도시가 되어 버리며 날마다 밤만 되면 인적 없이 텅 비어 버린다. 이 건물도 주중에는 바쁘게 일하는 사람들로 활기를 띠지만, 어둠이 내리기 시작하면 공허한 메아리만 울려 퍼질 뿐이다. 일요일은 하루 종일 적막감이 감돈다. 바틀비는 바로 이곳을 거처로 삼아 인파로 붐비다가 쓸쓸해지는 광경을 홀로 지켜보는 유일한 사람,

---

* Petra: 요르단 남부의 고대도시. 헬레니즘·로마시대의 아랍인 왕국의 중심지. 스티븐 스필버그 감독의 영화 〈인디아나 존스—마지막 성배〉(1989)의 촬영 장소로 유명하다.

이를테면 카르타고*의 폐허에서 생각에 잠겨 있는 비쩍 마른 마리우스** 장군의 모습과 같은 사람이었다!

난생 처음으로 나는 참기 힘든 쓰라린 우울감에 사로잡혔다. 이제껏 나는 기껏해야 불유쾌한 슬픔 정도만을 겪어 왔을 뿐이다. 그런데 이제 같은 인간이라는 유대감이 나를 참을 수 없을 정도로 서글프게 만들었다. 동포애를 느끼게 하는 우울감이 아닌가! 나도 바틀비도 다 같은 아담의 자손이다. 나는 그날 내가 보았던, 미시시피강을 미끄러지듯 내려가는 우아한 백조처럼, 브로드웨이를 활보하던 잘 차려입은 화려한 옷들과 생기발랄한 얼굴들을 기억했다. 그리고 나는 그들과 이 초췌한 서기를 비교해 보고 혼자 생각에 잠겼다. 아! 행복은 빛을 희구하는 것이니, 우리는 세상을 즐거운 것이라 여기는 반면, 불행은 멀리 떨어진 곳에 숨어 있어 그것이 존재하지 않는다고 여긴다. 분명히 이런 구슬픈 공상들… 분명 병들고 어리석은 머리가 만들어 내는 망상들…은 바틀비의 기벽에 관해 더욱 특별한 상념으로 이어졌다. 나는 기이한 뭔가를 발견한 것 같은 감정에 휩싸였다. 나에게 저 필경사의 창백한 모

* Carthage: 아프리카 북부의 고대 도시국가. 기원전 146년 로마의 군대에 정복당해 폐허가 되었다.
** Marius(BC 156년~BC 86년): 로마의 장군, 집정관. 카르타고와 벌인 포에니 전쟁에서 승리했다.

습은 무관심한 이방인들에 둘러싸여 헐렁한 수의에 감긴 채염이 되고 있는 듯했다.

문득 나는 바틀비의 닫혀 있는 책상 쪽으로 관심이 쏠렸다. 자물쇠에 열쇠가 꽂혀 있었다.

나는 장난칠 의도도 없었고 나의 매정한 호기심을 만족시키려는 것도 아니었다. 게다가 책상도 내 것이고 그 안에 들어 있는 것도 마찬가지였다. 그래서 그 안을 내 마음대로 들여다봐도 된다고 생각했다. 서류함 안은 잘 정돈되어 있었고 서류도 제자리에 잘 놓여 있었다. 칸막이가 있는 서류함은 깊었는데 나는 서류철을 꺼내면서 더 깊숙한 곳을 더듬어 보았다. 이윽고 뭔가 손에 잡히는 것을 느껴 끄집어냈다. 그것은 묵직한 낡은 비단 손수건이었는데 묶여 있었다. 매듭을 풀어 보니 저금통이었다.

나는 그간 이 사람에 대해 주목해 왔던 온갖 괴이한 일들을 떠올려 보았다. 그는 대답할 때를 제외하고는 입을 절대 열지 않았다. 그리고 간혹 혼자만의 긴 시간을 보내기도 했지만, 책 읽는 모습을 한 번도 본 적이 없었다. 아니, 신문조차 읽지 않았다. 그저 칸막이 뒤의 빛바랜 창가에 서서 막혀 있는 벽돌 벽을 한참 동안 바라보곤 했다. 그는 식당에 가는 일도 없었고, 그의 창백한 얼굴로 봐서 터키처럼 맥주를 마신다

든가 다른 사람들처럼 차나 커피를 마시는 일도 좀체 없었다. 내가 알고 있는 한, 그는 딱히 드나드는 장소도 없었고, 현재 산책하러 나간 것이 아니라면 산책을 나간 적도 없었다. 또 자기가 누군지, 어디서 왔는지, 이 세상에 친척이라도 있는지 등에 대해 도무지 말을 하려 하지 않았다. 그렇게 연약하고 초췌한데도 몸이 안 좋다고 불평 한마디 한 적이 없었다. 그리고 무엇보다 그에게는 어떤 희미한… 뭐라고 말할까?… 희미하게 드러나는 무의식적 오만함, 아니 준엄할 정도의 무뚝뚝함 같은 것이 있다는 것이 기억났다. 바로 그것 때문에 나는 그의 괴이함에 스스로 타협할 수밖에 없었던 것이다. 오랫동안 움직이지 않는 걸 보고 나는 그가 칸막이 뒤에서 정면의 창문 없는 벽을 바라보며 공상에 젖어 있으리라는 걸 알았지만, 그에게 사소한 일조차 부탁하기가 두려웠던 것이다.

이 모든 일을 곰곰이 생각해 보고, 그것들을 그가 내 사무실을 그의 영구적인 숙소로 사용하고 있다는 새로운 사실과 결부시켜 보고, 또 그의 병적인 침울함을 염두에 두고 이 모든 것을 머리에 떠올려 보니, 신중한 경계심 같은 것이 나를 엄습해 왔다. 내가 느낀 첫 번째 감정은 다분히 순수한 비애감과 진심 어린 연민의 정이었지만, 바틀비의 고독감이 나의 상상 속에서 계속 커지면 커질수록 그에 비례해서 그런 비애

감은 두려움으로, 연민의 감정은 혐오감으로 변해 갔다. 비참한 광경을 생각하거나 목격하게 되면 어느 선까지는 따뜻한 애정이 일어나지만, 특별한 경우 그 선을 넘어서면 그렇게 되지 않는 것이 엄연한 사실이기도 하고 또 끔찍한 일이기도 하다. 이런 것이 인간의 본질적인 이기심 때문이라고 주장하는 것은 잘못된 것이다. 오히려 그것은 어떤 극단적인 기질성 질환을 치료할 수 없다는 절망감에서 비롯되는 것이다. 감수성이 예민한 사람의 경우 연민의 감정은 오히려 고통이 된다. 그리고 결국 그런 연민의 감정이 효과적인 구제로 이어질 수 없음을 깨닫게 될 때, 상식은 영혼에게 그 연민의 감정을 떨쳐 버리라고 명령한다. 나는 그날 아침 그런 일을 목격하고 난 뒤 바틀비는 치유될 수 없는 선천적인 장애의 희생자라는 사실을 믿게 되었다. 그의 육체에 대해 도움을 베풀 수도 있겠으나, 그는 육신이 아픈 것이 아니었다. 그를 고통스럽게 만드는 것은 그의 영혼이어서, 나로선 그의 영혼을 어떻게 해 볼 도리가 없었다.

나는 그날 아침 트리니티 교회에 갈 애초의 목적을 이루지 못했다. 어쨌든 내가 목격한 일 때문에 교회에 갈 기분이 나지 않았다. 집으로 돌아오면서 나는 바틀비를 어떻게 할지 생각해 보았다. 마침내 이런 결심을 하게 되었다. 내일 아침 그에게 개인적 질문을 몇 가지 차분하게 해 보자. 만약 그가 내 질문에 답변을 하려고 하지 않는다면 ("안 하는 편이 더 좋겠습니다."라고 말할 테지만), 원래 보수에다 20불짜리 지폐를 한 장 더 얹어 주면서 그가 이제 이곳에서 더 이상 할 일이 없다고 말할 것이다. 하지만 다른 식으로 그를 도울 길이 있다면, 기꺼이 그렇게 할 것이다. 특히 고향으로 돌아가겠다고 한다면, 그곳이 어디더라도 여비를 모두 부담할 것이다. 게다가 고향에 도착해 도움을 요청하는 편지라도 쓴다면 꼭 답장을 해 줄 것이다.

다음날 아침이 왔다.

"바틀비!" 나는 칸막이 뒤에 있는 그를 부드럽게 불렀다.

대답이 없었다.

"바틀비!" 여전히 부드러운 어조로 불렀다. "이리 좀 오게. 자네가 하기 싫은 일을 시키려고 하는 게 아니야. 그저 자네와 이야기를 좀 하고 싶어."

그러자 그는 조용히 모습을 나타냈다.

"말해 보게, 바틀비, 어디서 태어났지?"

"말하지 않는 편이 더 좋겠습니다."

"자네 자신에 대해 무엇이든 말 좀 해 보게."

"말하지 않는 편이 더 좋겠습니다."

"그런데 나와 이야기하고 싶지 않은 뚜렷한 이유라도 있는가? 나는 자네에게 호감이 많아."

내가 이야기하는 동안 그는 나를 쳐다보지 않고 시종 카이사르의 흉상만 뚫어져라 바라보고 있었다. 이 흉상은 내가 앉아 있는 자리 바로 뒤, 그러니까 내 머리 뒤쪽 위 15센티쯤 되는 곳에 놓여 있었다.

"대답 좀 해 봐, 바틀비." 나는 그가 대답하기를 한참 동안 기다리고 난 뒤 말했다. 그러는 동안 그의 얼굴은 눈썹 하나 까딱하지 않고 있었고, 단지 가느다란 하얀 입술만이 희미하게 떨리고 있을 뿐이었다.

"지금은 대답을 안 하는 편이 좋겠습니다." 그는 말을 마치고 자신의 은신처로 물러났다.

그때 내가 무기력했다는 것은 인정하지만, 그의 태도에 무척 신경이 거슬렸다. 그의 태도에는 냉정하리만큼 경멸감이 숨어 있는 듯했으며, 또 그가 나한테서 받은 대접과 아량을 고려해 볼 때, 그의 이런 고집스러운 행동은 배은망덕한 짓이었다.

또다시 나는 자리에 앉아 어떻게 해야 좋을지 곰곰이 생각했다. 나는 그의 행동에 굴욕감을 느꼈고, 사무실에 들어올 때 그를 해고해야겠다고 결심했지만, 그럼에도 불구하고 이상하게도 가슴속에 미신적인 어떤 것이 도사리고 있어 내 목적을 실행하지 못하도록 방해했다. 만약 내가 이 고독한 사람에게 쓰라린 말 한 마디라도 하게 된다면 나를 악당으로 매도할 것 같았다. 결국 나는 의자를 칸막이 뒤로 끌고 가서 거기에 앉으며 다정하게 말했다. "바틀비, 자네의 개인사에 대한 이야기는 안 해도 좋아. 다만 친구로서 부탁하고 싶은데 이 사무실의 관례는 좀 따라 주게. 내일이나 모레부터는 서류 검토 작업은 도와주었으면 하네. 간단히 말해, 자네도 하루나 이틀 뒤부터는 좀 합리적으로 되라는 것이야… 그렇게 하겠다고 말하게, 바틀비."

"지금으로선 합리적으로 되지 않는 편이 더 좋겠습니다." 그의 말은 부드럽지만 영혼 없는 대답이었다.

마침 그때 접이문이 열리고 니퍼스가 들어왔다. 그는 어젯밤에 평소보다 더 지독한 소화불량에 걸려 한숨도 잠을 이루지 못한 사람처럼 보였다. 그는 바틀비의 대답을 엿들은 것이었다.

"뭐, 안 하는 편이 좋겠다고?" 니퍼스는 이를 갈았다. "제가 변호사님이라면, 차라리 저놈을 택하겠어요, 선생님." 그가 나를 보며 말했다. "저놈 하고 싶은 대로 내버려 두겠다고요. 저놈에게 선택권을 주겠단 말입니다, 고집 센 당나귀 같

은 놈! 저놈이 지금 안 하는 편이 좋겠다고 하는 것이 대체 뭡
니까, 변호사님?"

바틀비는 미동도 하지 않았다.

"니퍼스 씨, 오늘은 좀 상관하지 않으면 좋겠네." 내가 말했
다.

어쨌든 최근에 나는 꼭 맞는 상황이 아닌 경우에도 "더 좋
겠습니다."라는 말을 무의식적으로 사용하는 버릇이 생겼다.
그리고 내가 이 필경사와 접촉해서 이미 정신적으로 심각한
영향을 받고 있다고 생각하니 온몸에 전율이 흘렀다. 게다가
앞으로 더 큰 착란이 생길 수도 있지 않은가? 이런 불안감이
생기자 나는 즉시 대책을 마련하기로 마음먹었다.

니퍼스가 부루퉁한 얼굴로 나가자 이제는 터키가 공손하
게 들어왔다.

"외람된 말씀입니다만, 선생님." 그가 말했다. "어제 바틀비
에 대해 생각해 봤는데요, 그가 매일 에일 맥주 1리터씩을 마
시는 편을 더 좋아하기라도 한다면, 그건 그의 정신 상태를
뜯어고치는 데 도움이 될 테고, 또 서류 검토 작업에도 도움
이 될 거라는 생각이 듭니다."

"자네도 그 말을 사용하고 있군." 내가 약간 흥분하여 말했
다.

"외람된 말씀입니다만 어떤 말인데요, 선생님?" 터키가 그렇게 말하며 공손하게 칸막이 뒤의 비좁은 자리로 몸을 어기적어기적 밀고 들어오는 바람에 나는 바틀비와 부딪치고 말았다. "무슨 말인데요, 변호사님?"

"저는 이곳에서 혼자 있는 게 더 좋겠습니다." 바틀비는 개인적 공간이 침입당해 언짢기라도 한 듯 말했다.

"바로 저 말이야, 터키." 내가 말했다. "바로 저거야."

"아, 더 좋겠습니다, 하는 그거 말입니까? 아, 예… 바로 그 말이었군요. 참 이상한 말이죠. 저는 그따위 말을 절대 쓰지 않습니다. 그런데, 변호사님, 아까 말씀드렸듯이, 저놈이 매일 에일 맥주 1리터씩을 마시는 편을 더 좋아하기라도 한다면……."

"터키, 이제 좀 나가 줘." 내가 불쑥 끼어들었다.

"예, 예, 선생님, 제가 그렇게 하는 게 더 좋으시다면 말이지요."

그가 접이문을 열고 물러나자, 니퍼스가 책상 앞에 앉아 나를 힐끗 보며 필사 서류를 푸른 종이와 흰 종이 중 어느 종이로 택해야 더 좋을지 나에게 물었다. 그는 '더 좋을지'라는 말을 장난 투의 억양으로 말한 것은 아니었다. 무심코 그의 혀에서 흘러나온 것임이 분명했다. 나는 속으로, 나 자신과 서기들의 머리까지는 아니라 해도 혓바닥은 이미 어느 정도 꼬이게 만든 저 얼빠진 놈을 반드시 해고시키겠다고 생각했다. 하지만 지금 당장 해고를 알리지 않는 것이 현명한 처사라고 생각했다.

다음날 바틀비는 아무 일도 하지 않고 그저 창가에 서서 정면의 창문 없는 벽만을 응시하며 몽상에 젖어 있었다. 왜 글을 베끼지 않고 있느냐고 물었더니 쓰는 일은 이제 더 이상 하지 않기로 했다고 대답했다.

"왜, 지금은 또 어쨌다는 거야? 다음에는 또 뭐야?" 나는 외쳤다. "쓰는 일은 하지 않겠다고?"

"더 이상 하지 않을 작정입니다."

"그래 이유는 뭐지?"

"보고도 이유를 모르십니까?" 그가 무심하게 대꾸했다.

나는 그를 뚫어져라 쳐다보다가 그의 눈이 생기가 없이 흐릿하다는 걸 알았다. 순간적으로 나는 그가 내 사무실에 오고 처음 몇 주 동안 침침한 창가에서 엄청 부지런히 글을 베껴 왔기 때문에 시력이 일시적으로 손상되었을지도 모른다는 생각이 들었다.

나는 애처로운 생각이 들었다. 그에게 어떤 위로의 말을 건넸다. 당분간은 글을 베끼지 않는 것이 좋겠다고 넌지시 알려

주었고, 바깥에 나가 건강에 도움이 되는 운동을 해 보라고 권유했다. 하지만 그는 그렇게 하지 않았다. 이 일이 있고 며칠 뒤, 다른 서기들은 없고 나는 편지 몇 통을 발송하기 위해 급하게 서두르고 있었다. 바틀비는 달리 할 일이 없어 보였고 평소와는 달리 덜 고집스럽게 굴어 나는 그가 우편물을 우체국까지 가져가 줄 것이라고 믿었다. 그러나 그는 단호하게 거절했다. 그래서 불편하게도 내가 직접 가게 되었다.

다시 며칠이 더 지나갔다. 바틀비의 눈이 좋아졌는지 알 수가 없었다. 그냥 보기에 좋아진 것 같기도 했다. 그러나 좋아졌는지 물어보아도 대답을 하지 않았다. 내가 다그쳐 물으니 그는 글 베끼는 것을 완전히 그만두었노라고 답했다.

"뭐라고?" 나는 큰소리로 말했다. "눈이 완전히 좋아지더라도… 이전보다 나아지더라도… 글 베끼기를 안 하겠단 말이야?"

"글 베끼는 것은 그만뒀습니다." 그는 대답을 하고 조용히 물러갔다.

그는 여전히 내 사무실의 붙박이 세간처럼 남아 있었다. 아니 (그게 가능하다면) 전보다 더한 붙박이가 되어 있었다. 이 일을 어떻게 하지? 그는 내 사무실에서 하는 일이라곤 없어. 그런데 왜 이곳에 붙어 있으려고 하는 거지? 분명히 그는 이제 나에게 정말로 골치 아픈 존재가 되어 버렸다. 목걸이로 사용할 수 없는 것은 물론이고 짊어지고 다니기에도 괴로운 '목에 걸린 맷돌*같은 존재가 되어 버렸다. 그래도 난 그가 딱해 보였다. 그가 나에게 불안감을 주는 행위가 모두 그의 책임이라고 말한다면 그건 전적으로 사실이 아니다. 그가 친척이나 친구의 이름을 하나라도 댔다면, 나는 즉시 편지를 써 이 불쌍한 녀석을 평온한 은신처로 데려가 주도록 부탁했을 것이다. 그러나 그는 이 우주에서 완전히 혼자인 듯했다. 대서양 한복판을 떠다니는 난파선의 잔해 조각이다. 마침내 나는 사무실 업무가 너무 바빠 그 외의 다른 생각을 할 엄두를 내지 못했다. 나는 바틀비에게 6일 안에 무조건 사무실을 나가라고 최대한 정중하게 말했다. 그 기간 안에 다른 거처를 마련하기 위한 조치를 취하라고 경고했다. 그리고 이사 갈 채비를 하기만 해도 새 거처를 구하는 일에 도움을 주겠다고 했다. "그리고 바틀비, 자네가 여기를 떠날 때, 자네를 빈손으로 보내진 않겠네. 지금부터 6일이야, 기억하게."

그 기한이 지났을 때 나는 칸막이 뒤를 들여다보았다. 그런데 이게 웬일인가! 바틀비는 여전히 거기에 있었다.

---

* A millstone around: 큰 장애물을 의미함.

나는 외투의 단추를 채우고 몸의 균형을 잡은 뒤 그에게 천천히 다가가 그의 어깨에 손을 얹고 말했다. "기한이 지났어. 자네는 이곳을 떠나야 해. 자네에겐 미안하네. 여기 돈이 있네. 이곳을 떠나야 해."

"그렇게 안 하는 편이 더 좋겠습니다." 그는 나에게 등을 돌린 채 말했다.

"나가야 해."

그는 말이 없었다.

당시 나는 이 사람의 일상적인 정직함에 대해서는 무한한 신뢰를 갖고 있었다. 그는 내가 실수로 바닥에 떨어뜨린 6펜스짜리 동전이나 실링 은화를 주워 나에게 돌려주었다. 나는 그런 사소한 일에는 매우 부주의한 경향이 있다. 그러기에 이어지는 내 조처가 지나치다고 여겨지지는 않을 것이다.

"바틀비." 내가 말했다. "내가 자네에게 줄 돈이 계산상으로는 12달러이지만 여기 32달러가 있네. 나머지 20달러도 자네 거야… 받겠나?" 그리고는 그에게 지폐를 건네 주었다.

그러나 그는 미동도 하지 않았다.

"그럼, 여기 놓아두겠어." 나는 책상 위에 돈을 얹어 놓고 그 위에 문진을 올려놓았다. 그런 뒤 모자와 지팡이를 집어 들고 문 쪽으로 가다가 고개를 돌려 나직이 덧붙여 말했다.

"바틀비, 소지품을 다 옮긴 후 물론 문을 잠그겠지… 자네 말고는 다 퇴근했으니 말이야… 괜찮다면 자네가 가지고 있는 열쇠는 매트 밑에 넣어 놓게. 내가 내일 아침에 사용할 수 있으니까. 이제 다시 만나진 않겠지. 잘 가게. 새 거처가 정해지면 꼭 편지로 알려 주게. 필요하다면 도와줄 테니까. 안녕, 바틀비, 잘 가게."

그러나 그는 한마디 대꾸도 없었다. 마치 폐허에 남아 있는 마지막 기둥처럼 방 한복판에 말없이 그리고 고독하게 서 있었다.

수심에 잠겨 집으로 걸어가고 있는 동안 나는 마음속에 연민의 정보다는 허영심으로 가득 차 있었다. 나는 바틀비를 몰아낸 그 대가다운 솜씨에 스스로 우쭐한 마음이 생길 수밖에 없었던 것이다. 나는 대가다운 솜씨라 묘사했는데, 냉철한 사색가라면 누구나 그렇게 생각했을 것이다. 내가 취한 조처의 아름다움에는 그야말로 완벽한 고요함이 깃든 것 같았다. 저속한 협박도, 어떤 종류의 허세도, 어떤 격앙된 호통도, 방을 이리저리 성큼성큼 돌아다니는 일도, 바틀비에게 그 형편없는 소지품을 잘 챙겨 꺼지라는 사나운 욕설도 없었다. 그런 일은 전혀 없었다. 바틀비에게 나가라고 큰소리친 적도 없었다. 하수들은 그렇게 했을지도 모르지만 나는 그가 나갈 수밖에 없는 이유를 가정하고, 그 가정 위에 내가 할 모든 말을 차곡차곡 쌓아 나간 것이었다. 내가 취한 그런 조처를 생각하면 할수록 나는 정말로 잘했다는 생각이 더욱 들었다. 하지만 다음날 아침 깨어났을 때, 나는 의심이 생겼다. 무슨 영문인지 자는 동안 허영심의 기운이 말끔히 사라진 것이다. 인간에게는 아침에 잠에서 깬 직후가 가장 냉철하고 현명하게 사색할 수 있는 시간일 것이다. 내가 취한 조처는 아주 현명한 듯했지만, 이론상으로만 그렇다는 것뿐이었다. 실제로 결과가 어떻게 될지… 그것이 문제였다. 바틀비가 떠날 것이라는 가정은 참 멋진 생각이었다. 그러나 결국 그 가정이란 그저 나 혼자만의 생각이었지, 바틀비에게는 무관한 것이었다. 문제는 그가 내 곁을 떠날 것이라고 내가 가정했느냐가 아니라, 과연 그가 떠나고 싶어 할 것인지 하는 점이었다. 그는 가정에 의해서가 아니라 자기 기분대로 하는 사람이었다.

아침 식사를 하고 난 뒤 나는 시내를 거닐며 그가 떠날 성공과 실패의 가능성에 대해 생각해 보았다. 한순간 나는 그 조처가 비참하게도 실패로 돌아가 바틀비가 내 사무실에서 평소와 마찬가지로 보란 듯이 돌아다닐 것 같은 생각이 들다가도, 다음 순간 분명히 그의 의자가 텅 비어 있을 거라는 생각이 들었다. 이렇게 나는 갈팡질팡했다. 브로드웨이가街와 카날가街의 모퉁이에서 나는 사람들이 잔뜩 흥분되어 열띤 논쟁을 벌이고 있는 것을 보았다.

"그 사람이 안 그런다는 쪽에 걸겠어."

내가 지나가자 한 음성이 들렸다.

"나가지 않는 쪽이라고? …좋아!" 내가 말했다. "돈을 걸어."

나는 나도 모르게 호주머니에 손을 넣어 돈을 걸려고 했을 때 오늘이 선거일이라는 것을 알았다. 내가 들은 것은 바틀비와는 전혀 상관없는 일이었고 시장 선거에 어떤 후보가 당선되느냐 떨어지느냐에 관한 것이었다. 골똘히 생각해 보니 나는 브로드웨이가의 모든 사람들이 나의 흥분을 같이 느끼고, 내 문제를 의논하고 있다는 착각에 빠져 있었다. 나는 거리의 소란 덕분에 내가 방심해서 순간적으로 지른 소리가 가려져 무척 고맙게 생각하며 그 거리를 빠져 나왔다.

나는 계획했던 대로 사무실에 일찍 도착했다. 잠시 귀를 기울이며 문 앞에 서 있었다. 모든 것이 고요했다. 분명 그는 가 버렸을 것이다. 손잡이를 돌렸다. 문은 잠겨 있었다. 그래 내가 취한 조치가 마술처럼 작용한 것이다. 분명히 그는 사라졌을 것이다. 하지만 어떤 우울한 기분이 그런 생각에 뒤섞여 있었다. 나의 멋진 성공이 유감스럽기까지 했다. 나는 열쇠를 찾기 위해 현관 매트 밑을 더듬기 시작했다. 그때 우연히 내 무릎이 문을 부딪쳐 마치 문을 두드리는 듯한 소리가 났다. 그러자 이에 응답하는 목소리가 안에서 들려왔다……. "아직은 안 돼요, 일을 하고 있어요."

바틀비였다.

나는 벼락을 맞은 기분이었다. 그 순간 나는 오래전 버지니아에서 어느 맑은 여름날 오후 벼락을 맞고 입에 파이프를 문 채 죽었다는 어떤 사람처럼 그 자리에 얼어붙어 서 있었다. 그 사람은 열어 놓은 따뜻한 창가에서 죽었다. 꿈결 같은 오후 시간에 머리를 밖으로 내밀고 죽어 있었는데, 그때 어떤 사람이 몸에 손을 대자 그대로 푹 쓰러졌다고 한다.

"가지 않았구나!" 마침내 나는 중얼거렸다. 그러나 또다시 나는 이 수수께끼 같은 필경사가 내게 휘두르는, 또 내가 아무리 발버둥쳐 봐도 빠져나올 수 없는 불가사의한 권위에 눌려 천천히 계단을 내려와 거리로 들어섰다. 그리고 한 블록을 빙 돌아 걷는 동안 이 터무니없는 황당한 일에 대해 내가 취할 다음 방도가 무엇인지 곰곰이 생각해 보았다. 그 녀석에게 주먹을 휘둘러 쫓아낼 수도 없다. 심한 욕설을 퍼부어 내쫓고 싶지도 않다. 또 경찰을 부르는 것도 좋은 방법이 아니다. 그렇다고 저 시체 같은 놈에게 승리감을 안겨 줄 수도 없는 노릇이었다. 그럴 생각은 추호도 없었다. 어떻게 해야 한단 말인가? 무슨 수라도 쓰지 못한다면, 내가 이 사건에서 또 어떤 가정을 할 수 있단 말인가? 그래, 전에는 바틀비가 물러날 것이라고 앞을 내다보며 가정했던 것처럼, 이번엔 그가 가 버렸다고 과거로 거슬러 올라가 가정할 수도 있을 것이다. 나는 이 가정을 합법적으로 실현하기 위해 급히 사무실로 들어가 바틀비에게 눈길 하나 주지 않고 그가 공기인 양 그 옆을 곧장 걸어가면 될 것이다. 이런 작전은 상대방의 급소를 찔러 독특한 양상으로 전개될 수 있다. 바틀비는 이런 가정 원리의 적용에 도저히 견디어 낼 수 없을 것이다. 그러나 곰곰이 생각해 보니 이 계획은 성공을 거두기 어려울 것 같아 보였다. 그래서 그의 문제에 대해 그와 다시 한 번 부딪쳐 보기로 결심했다.

"바틀비!" 나는 사무실 안으로 들어서며 조용하면서도 근엄한 표정으로 말했다. "난 정말 불쾌해. 괴롭구나, 바틀비. 너에 대해 그래도 좋게 생각했는데. 자넨 신사다운 면모가 있어서 아무리 미묘한 곤경에 처해 있어도 약간의 암시만 주면 충분히 눈치챌 수 있을 거라 생각했는데 말이야. 그런데 내가 속은 것 같군그래." 나는 놀란 표정을 지으며 덧붙였다. "그 돈에는 아직 손도 안 댔군." 나는 전날 밤에 돈을 놓아두었던 지점을 가리키며 말했다.

그는 대답이 없었다.

"내 곁을 떠날 참인가, 떠나지 않을 참인가?" 이제 나는 그에게 바싹 다가가 윽박지르듯 요구했다.

"떠나지 않는 게 더 좋겠습니다." 그는 '않는 게'라는 단어를 슬며시 강조하며 말했다.

"도대체 무슨 권리로 이곳에 있으려고 하는가? 방세를 내고 있어? 세금을 내고 있어? 아니면 이 재산이 자네 거라도 된단 말인가?"

역시 대답이 없었다.

"계속 글을 베낄 준비가 되어 있어? 눈은 다 나았어? 오전 중에 작은 서류를 베껴 주겠나? 아니면 몇 줄 검토 작업을 도와주겠나? 아니면 우체국에 다녀올 텐가? 한마디로, 내 사무실에서 나가고 싶지 않다면 무슨 일이라도 좋으니 할 수 있겠나?"

그는 입을 다문 채 그의 은신처로 물러갔다.

이제 나는 신경질적인 분노가 끓어올랐는데 현재로선 더 이상의 감정 표현을 자제하는 편이 좋겠다는 생각이 들었다. 바틀비와 나 단 둘뿐이었다. 나는 콜트의 쓸쓸한 사무실에서 일어난, 불행한 애덤스와 더 불행한 콜트의 비극이 떠올랐다.* 애덤스의 언사에 격분한 나머지 흥분한 불쌍한 콜트는 자기도 모르게 치명적인 행동… 확실히 쌍방 모두 상대방을 탓하기보다 본인 자신이 뉘우쳐야 했던 그런 행동을 저지르고 말았다. 나는 그 사건에 대해 종종 곰곰이 생각해 보곤 했는데, 만약 이 말다툼이 사람들이 모여드는 거리나 가정집에서 일어났다면 그런 식의 결말은 나지 않았을 것이다. 그것은 인간적인 가정집의 분위기라곤 전혀 나지 않는 어느 건물 2층의 외로운 사무실, 카펫도 깔려 있지 않은 먼지투성이의 그야말로 을씨년스러운 사무실에 둘만 있는 상황이었다. 이런 상황이 콜트의 초조하고 절망적인 정신 상태를 한결 더 고조시켰음에 틀림없었다.

그러나 늙은 아담처럼 분노가 내 마음속에 일어 바틀비에게 노여움을 퍼부으려는 유혹에 빠질 때 나는 그 노여움과 싸워 그것을 물리칠 수 있었다. 어떻게? 난 그저 신의 계시를 충실히 따랐을 뿐이다. "내가 너희에게 새로운 계명을 주노니, 서로 사랑하라."** 그렇다. 이것이 나를 구원해 준 것이었다. 고매한 사상은 제쳐 두고서도, 자비는 종종 슬기롭고 깊은 원

---

* 콜트의 비극: 콜트 권총의 발명자 새뮤얼 콜트의 형인 존 C. 콜트는 부기책 출판을 둘러싼 금전 문제로 1841년 손도끼로 새뮤얼 애덤스를 살해한 죄로 이듬해에 기소되었다. 교수형 선고를 받고, 사형 집행일 아침에 자살했다.
** 요한복음 13장 34절.

리로… 자비심을 가진 사람에게 훌륭한 보호 장치로 작동한다. 인간은 시기심, 분노, 증오, 이기심, 정신적 자만 때문에 살인을 저질러 왔다. 그러나 어떤 인간도 달콤한 자비심 때문에 극악한 살인을 저질렀다는 이야기는 들어 본 적이 없다. 그래서 더 나은 동기를 대지 못할 경우 모든 인간들은 단순한 자기 이익에 이끌려 자비와 박애를 베풀게 된다. 성질이 급한 사람들은 더 그럴 것이다. 아무튼 나는 이번 일에 대해 이 필경사의 행위를 호의적으로 해석함으로써 그에 대한 나의 분노를 가라앉히려고 애를 썼다. 불쌍한 놈, 가엾은 놈! 저 녀석은 어떤 짓을 고의로 하려는 것도 아니고, 게다가 그동안 고생도 꽤 했으니 너그럽게 용서해 주어야 해.

또한 나는 곧바로 내 업무에 몰두하는 동시에 낙담한 마음을 안정시키려고 애썼다. 나는 바틀비가 그 시간이 되면 항상 그렇듯이 오전 시간에 자진해서 그의 은둔지에서 슬그머니 나와 문을 향해 단호하게 돌진하는 모습을 상상해 보았다. 그러나 그는 그렇게 하지 않았다. 12시 반이 되었다. 터키는 얼굴이 달아오르고, 잉크병이 뒤집히는 등 떠들썩해졌다. 니퍼스는 조용하고 예의 바른 사람이 되었다. 진저넛은 사과를 우적우적 씹어 먹었고, 바틀비는 창가에 서서 창문 없는 벽을 바라보며 깊은 몽상에 잠겨 있었다. 사람들이 이걸 믿을까?

내가 이걸 인정해야 하나? 그날 오후 나는 그에게 한 마디 말도 건네지 않고 사무실을 나왔다.

　며칠이 지났다. 그동안 나는 한가한 시간을 이용해 에드워즈의 의지론과 프리스틀리의 필연성에 관한 책*을 조금씩 들여다보았다. 이 책들은 이 상황 아래의 나에게 정신적 건강을 불러일으켜 주었다. 나는 저 필경사와 관계된 나의 고통은 모두 운명적으로 먼 옛날부터 예정되어 있었던 것이라는 확신에 점점 빠져들었다. 다시 말해 바틀비는 전지전능하신 하느님의 어떤 신비스러운 의도에 따라 내게 보내진 것이며 언제고 죽을 운명인 나 같은 인간으로서는 그 뜻을 도저히 헤아릴 수 없는 것이었다. 나는 생각했다. 그래, 바틀비, 칸막이 뒤에서 그대로 머물러 있어라. 다시는 자네를 괴롭히지 않겠어. 너는 여기 있는 이 낡은 의자만큼이나 해가 없고 소란스럽지 않아. 간단히 말해 난 네가 여기 있다는 걸 알고 있을 때만큼이나 내가 그렇게 사적이라는 느낌을 받은 적이 없어. 마침내

---

* 미국의 대표적인 신학자이자 철학자인 조너선 에드워즈(Jonathan Edwards)의 『자유의지(Freedom of Will)』(1754)와 영국의 자연철학자이자 신학자인 조지프 프리스틀리(Joseph Priestley)의 『철학적 필연의 원칙(The Doctrine of Philosophical Necessity Illustrated)』(1777)을 가리킨다. 에드워즈는 의지는 결코 자유롭다고 볼 수 없으며, 악하거나 선한 성향의 영향을 받아 결정이 이루어진다고 지적하였고, 프리스틀리는 신의 본성은 인간에게 알려지지 않았으나 신의 존재나 권능에 대한 증거는 확실하다고 주장했다. 이 이야기의 화자는 이 두 책을 통해 바틀비와의 만남을 두고 신의 계시에 의해 이루어진 운명적인 만남이라는 자신의 입장을 확실히 증명해 보이려는 것 같다.

난 그것을 깨닫게 되었고 느끼게 되었어. 내 인생에 미리 예정된 어떤 목적을 꿰뚫어 볼 수 있게 되었다는 말이야. 난 만족했어. 다른 사람 같으면 더 숭고한 배역을 떠맡았을지도 모를 일이지만 이 세상에서 나의 임무는 머물고 싶어 하는 기간만큼 너에게 사무 공간을 제공하는 것이야.

나는 내 동료들이 일 문제로 나를 찾아와 쓸데없고 달갑잖은 말을 퍼부어대지 않았더라면 이처럼 현명하고 축복받은 내 마음가짐이 그대로 지속되었을 것이라 믿는다. 마음이 너그러운 사람들도 교양 없는 인간들과 계속 접촉하다 보면 단단히 먹었던 마음도 마침내 무너지게 되는 경우가 종종 있다. 그렇지만 분명 돌이켜 보면, 내 사무실을 찾아오는 사람들이 저 이해할 수 없는 바틀비의 괴이한 모습에 놀라 듣기 싫은 말을 몇 마디 내뱉고 싶은 기분이 든다는 것은 이상한 일이 아니었다. 가끔 한 변호사가 일 때문에 내 사무실에 들렀다가 바틀비 혼자만 있는 것을 보고 내가 어디 갔는지 그에게 이것저것 물어본 적이 있었다. 그런데 바틀비는 상대방의 말은 들은 척도 하지 않고 사무실 한복판에 우두커니 서 있을 뿐이었다. 그래서 그 변호사는 한동안 꼼짝 않고 서 있는 바틀비를 곰곰이 살펴보다가 빈손으로 떠나곤 했다.

또 이런 일도 있었다. 내 사무실에서 어떤 중재가 진행 중이었는데 변호사들과 증인들로 북적대고 일들이 무척 바쁘게 돌아가고 있었다. 어떤 일에 집중하고 있던 한 변호사가 전혀 일을 하지 않고 있는 바틀비를 보고 자기 사무실에 뛰어가 서류를 가져와 달라고 부탁했다. 그런데 바틀비는 조용히 거절하고 아까처럼 빈둥거릴 뿐이었다. 그러자 그 변호사는 눈을 동그랗게 뜨고 나를 쳐다보았다. 내가 무슨 말을 할 수 있었겠는가? 마침내 나는 내가 데리고 있는 이 괴상한 인물이 좀 이상하다고 하는 수군거림이 내 동료 변호사들 사이에 퍼져 나가는 것을 알게 되었다. 이 때문에 나는 무척이나 걱정이 되었다. 그리고 그가 내 사무실에 눌어붙어 장수를 누리고 내 권위에 도전하고, 내 방문객들을 괴롭히고, 내 직업적인 명성을 더럽히고, 내 사무실에 어두운 그림자를 던지고, 그가 모아 놓은 돈으로 (그는 하루에 고작 5센트만 쓴다.) 꿋꿋이 살아 나가고, 결국에는 나보다 더 오래 살며, 종신 점유권을 내세워 내 사무실의 소유권을 요구하지 않을까 하는 생각이 머리를 스쳐 지나갔다. 이 모든 불길한 예감들이 점점 더 내 가슴속에 파고들고, 친구들이 내 사무실의 망령에 대해 그치지 않고 비난을 퍼부어대는 바람에, 내 심경에는 커다란 변화가 일어났다. 나는 내 능력을 총동원해 이 견딜 수 없는 악몽 같은 존재를 영원히 쫓아내기로 결심했다.

그러나 나는 이 목적에 맞는 무슨 거창한 계획을 짜기 전에 우선 바틀비에게 사무실을 영원히 나가는 것이 얼마나 예의 바른 처사인지를 암시해 주었다. 조용하고 침착한 태도로 나는 신중하고 사려 깊게 내 뜻을 고려해 달라고 당부했다. 그러나 사흘 동안 심사숙고한 뒤, 그는 내게 자기의 결심에는 변함이 없다는 것, 간단히 말해 여전히 나와 함께 계속 머무르는 게 좋겠다고 알려 왔다.

어떻게 하지? 나는 외투의 단추를 끝까지 채우며 마음속으로 말했다. 어떻게 하면 좋지? 내 양심은 이 사람, 아니 이 망령을 내가 어떻게 처리하는 게 좋다고 말할까? 이자를 내쫓아야 한다. 무조건 내보내야 한다. 하지만 어떻게? 저 가엾고 창백하고 연약한 인간을 내쫓진 않겠지… 저 가련한 인간을 너의 사무실에서 내쫓진 않겠지? 너는 그런 참혹한 짓으로 스스로 명예를 실추시키지는 않겠지? 그래, 그렇기는 해. 난 그런 짓을 할 수 없어. 차라리 이곳에서 살다 죽으면 그의 시체를 벽에 붙이고 벽돌로 발라 버리겠어. 그럼 어떻게 할까? 아무리 비위를 맞추어 주어도 그 녀석은 눈 하나 까딱하지 않는데. 그는 내가 준 뇌물을 내 책상 위에 그대로 올려놓고 문진으로 눌러놓지 않았는가? 간단히 말해 그는 나한테 거머리처럼 달라붙어 살고 싶어 하는 것이 분명해.

그렇다면 더 가혹하고 특별한 방법을 사용해야 한다. 뭐라고! 경찰을 불러 하얗게 질린 그 녀석을 붙잡아 형무소에 처넣을 생각은 아니겠지? 또 어떤 근거로 그런 일을 할 수 있겠어?… 그는 부랑자가 아닌가? 뭐라고! 눈 하나 까딱하지 않는 놈이 부랑자, 떠돌이란 말인가? 그가 부랑자가 되지 않으려는 것 때문에 넌 그를 부랑자로 취급하려고 해. 그건 말도 안 돼. 뚜렷한 생계 수단이 없다는 것, 그래 이거면 충분해. 아냐, 또 틀렸어. 분명 그 녀석은 제힘으로 먹고살고 있어. 그것이야말로 어느 누구든 자립할 수 있다고 보여 줄 수 있는, 반박할 수 없는 유일한 증거가 돼. 그렇다면 또 글렀다. 저 녀석이 내 곁을 떠나지 않는다면, 내가 떠나면 돼. 사무실을 바꾸자. 다른 곳으로 이사를 가자. 그가 새 사무실에까지 쫓아온다면 그땐 불법 침입자로 고소하겠다고 분명히 경고할 것이야.

따라서 다음날 아침 나는 그에게 다음과 같이 말했다. "이 사무실은 시청에서 너무 멀어. 공기도 좋지 않고. 한마디로 다음 주에 사무실을 옮길 작정이야. 자네 도움이 더 이상 필요하지 않을 것 같아. 미리 말하지만 다른 일자리를 찾아보는 것이 좋을 거야."

그가 대답이 없었기에 나도 더 이상 말하지 않았다.

약속한 날 나는 마차와 마부를 구해 새 사무실로 떠났다.

가구를 포함해 집기라곤 얼마 되지 않아서 몇 시간 만에 다 옮길 수 있었다. 바틀비는 내내 칸막이 뒤에 서 있었는데 그건 맨 나중에 옮기라고 내가 일러 놓은 것이었다. 이제 칸막이가 걷혔다. 큼지막한 2절판 책처럼 접히고 나니, 움직이지 않고 꼿꼿이 서 있던 그는 텅 빈 방에 혼자 남겨지게 되었다. 나는 문가에 서서 잠시 그를 주시했다. 그 순간 내 가슴속에서 뭔가가 나를 호되게 꾸짖었다.

나는 호주머니에 손을 넣고서… 그러고는 가슴을 졸이며 사무실에 다시 들어갔다.

"잘 있게, 바틀비. 난 가네. 잘 있게나. 어쨌든 하느님의 축복이 있기를. 그리고 이거 받게." 그의 손에 뭔가를 쥐어 줬다. 하지만 그것은 바닥에 떨어졌고, 그러고 나서… 이상한 이야기지만 나는 그에게서 그렇게 간절히 벗어나고 싶어 했건만 억지로 발걸음을 돌렸다.

새 사무실을 정리한 뒤 하루나 이틀 동안은 문을 잠가 놓았는데, 나는 복도에서 발자국 소리만 들려도 깜짝깜짝 놀랐다. 사무실을 잠깐이라도 비운 뒤 돌아오면 늘 문턱에 멈춰 귀를 잠시 기울이며 열쇠를 꽂았다. 그러나 괜한 걱정이었다. 바틀비는 내 근처에 얼씬도 하지 않았다.

나는 모든 게 잘 되었다고 생각했다. 그때 한 낯선 사람이

몹시도 불안스레 나를 찾아와 최근까지 월가 ○○번지에 사무실을 가지고 있던 사람이 맞느냐고 물었다.

불길한 예감에 사로잡혀 나는 그렇다고 대답했다.

"그렇다면, 선생님." 역시 변호사인 그 사람이 말했다. "선생님이 그곳에 남겨 두고 온 사람에 대한 책임을 지셔야겠습니다. 그자는 서류 베끼는 일은 물론이고 어떤 일도 하지 않으려고 합니다. 하지 않는 편이 더 좋겠습니다는 말만 할 뿐, 사무실을 떠나려 하지도 않습니다."

"그것참 유감이군요! 선생님." 나는 짐짓 태연한 척 말했지만 심장은 쿵덕쿵덕 뛰었다. "하지만 당신이 말하고 있는 그자는 저하고는 아무런 관계가 없습니다. 저더러 책임을 지라고 말씀하시는데 그자는 내 친척도 아니고 견습생도 아닙니다."

"제발 부탁드립니다만, 그자가 누굽니까?"

"뭐라고 말씀드릴 수가 없군요. 그자에 대해 아는 게 없어요. 이전에 필경사로 고용했는데 오래전부터 일을 하지 않고 있었지요."

"그렇다면 제가 처리하겠습니다. 안녕히 계십시오, 선생님."

며칠이 지났다. 나는 더 이상의 소식을 듣지 못했다. 그곳으로 가 가엾은 바틀비를 보고 싶은 동정 어린 충동이 가끔 일었지만, 알 수 없는 꺼림칙한 기분이 들어 가 보지 않았다.

그로부터 1주일이 더 지나고 마침내 나는 이제 모든 것이 끝났다고 생각했다. 그러나 그다음날 사무실에 출근해 보니 네댓 명의 사람들이 흥분을 이기지 못한 채 입구에서 나를 기다리고 있었다.

"저분입니다… 이리로 오시네요." 맨 앞의 사람이 외쳤는데 가만히 보니까 일전에 나를 찾아왔던 그 변호사였다.

"그 사람을 당장 데려가 주시오." 가운데 있던 뚱뚱한 사람이 내 쪽으로 다가오며 말했다. 그는 월가 ○○번지의 주인이었다. "여기 있는 신사분들은 모두 저의 집에 세 들어 있는데 더 이상 견딜 수 없다고들 합니다. B… 씨." 그는 손으로 변호사를 가리키며 말을 이었다. "이분이 그자를 사무실에서 쫓아 냈지만, 건물에 늘 나타나 낮에는 계단 난간에 앉아 있고, 밤에는 현관에서 잠을 자기도 해요. 신경이 이만저만 쓰이는 게 아닙니다. 고객들은 발길을 돌리고 또 무슨 소동이라도 날까 봐 겁을 먹고 있어요. 당신이 무슨 조치를 취해야 합니다. 지금 당장 말이오."

이들의 거침없는 말에 기겁한 나는 뒷걸음질 쳐 내 새 사무실로 숨고 싶은 심정이었다. 당신들과 마찬가지로 나 역시 바틀비와 아무런 관계가 없는 사람이라고 주장해 봤자 아무

소용이 없었다. 그들은 내가 그와 관계를 맺은 맨 마지막 사람인 관계로 나한테 책임을 묻고 있는 것이었다. 그래서 나는 이 이야기가 신문에 나는 것이 두려워 (그중 한 명이 넌지시 협박하기도 해서) 심사숙고한 끝에 그 변호사에게 내가 그의 사무실에서 그 필경사를 조용히 만나 이야기할 수 있도록 주선해 준다면, 당장 오늘 오후에라도 최선을 다해 그 성가신 놈을 내쫓아 주겠다고 말했다.

옛 사무실로 이어지는 계단을 올라가니 바틀비가 난간에 조용히 앉아 있었다.

"여기서 뭘 하고 있는 거야, 바틀비?" 내가 물었다.

"난간에 앉아 있습니다." 그가 나직이 대답했다.

나는 변호사 방으로 들어오라고 손짓했으며 변호사는 자리를 비켜 주었다.

"바틀비." 내가 말했다. "자네는 내 사무실에서 해고되고 난 뒤 줄곧 이 현관을 점유하고 있는데 그게 나한테 얼마나 큰 골칫거리가 되고 있는지 알고 있는가?"

대답이 없었다.

"이제 두 가지 중 하나를 택해야 해. 자네가 뭔가를 하든지 아니면 무슨 조치를 당하든지. 그런데 자네는 어떤 일을 하고 싶은가? 다시 고용되어 누군가의 서류를 베끼는 일을 하고 싶은가?"

"아닙니다, 바꾸지 않는 편이 더 좋겠습니다."

"포목점 가게의 점원은 어떤가?"

"그 일은 온종일 갇혀 지내야 하잖아요. 점원 노릇은 하기 싫습니다. 하지만 저는 까다로운 놈은 아닙니다."

"온종일 갇혀 지내야 한다고." 나는 외쳤다. "자넨 하루 종일 갇혀 생활하지 않는가?"

"점원이 되지 않는 편이 더 좋겠습니다." 그는 이런 작은 문제는 단번에 해치우겠다는 듯이 대답했다.

"바텐더 일은 어때? 눈에도 무리가 되지 않고 말이야."

"그런 일은 절대 하지 않습니다. 하지만 아까 말했듯이 저는 까다로운 놈은 아닙니다."

그는 평소와는 달리 말이 많았는데 나는 이것에 용기를 얻어 다시 그를 몰아붙였다.

"그래, 그렇다면, 시골로 돌아다니며 상인들의 돈을 수금하는 일은 어때? 건강에도 좋을 거야."

"아닙니다, 다른 일은 하지 않는 편이 더 좋겠습니다."

"그렇다면, 젊은 신사의 말벗이 되어 같이 유럽 여행을 하는 건 어때? 자네한테 딱 어울릴 것 같은데?"

"싫습니다. 그 일에는 뚜렷한 뭔가가 없는 것 같습니다. 꼼짝 않고 가만히 있고 싶어요. 하지만 전 까다로운 놈은 아닙니다."

"그럼 꼼짝 않고 한 곳에만 있어." 나는 이성을 잃고 소리쳤다. 그와 여태껏 분통 터지는 교섭을 해 왔지만 처음으로 화를 낸 것이었다. "해가 지기 전에 이 사무실에서 나가지 않는다면, 내가 말이야… 말하자면… 내가 이곳을 떠날 수밖에 없어!" 꼼짝하지 않는 이자를 고분고분하게 만들려면 어떤 위협을 가해야 할지 몰라 다시 터무니없는 결론이 나 버렸다. 더 이상의 수고를 포기하고 황급히 그곳을 빠져나오려는 순간 나는 마지막 생각이 떠올랐다. 전에도 해 봤던 생각이었다.

"바틀비." 나는 이 혼란스러운 상황에서도 되도록 부드러운 음성으로 말했다. "우리 집에 같이 가겠나. 내 사무실은 아니고… 우리 집 말일세. 시간 날 때 자네 문제를 논의해서 어떤 만족할 만한 해결책이 나올 때까지 우리 집에 머물지 않겠나? 자, 당장 지금 떠날까."

"싫습니다. 지금은 어떤 것도 바꾸지 않는 편이 좋겠습니다."

나는 아무 대꾸도 하지 않았다. 홱 몸을 돌려 순식간에 그 건물에서 빠져나와, 브로드웨이를 향해 월가를 달렸고 첫 번째로 눈에 띄는 합승 마차에 올라타 더 이상 추적당하지 않을 장소까지 갔다. 마음이 진정되자 나는 건물 주인과 세입자들의 요구에 대해, 그리고 바틀비를 보살펴 주고 또 학대로부터 지켜 주어야겠다는 나 자신의 욕망이나 의무감에 있어서 내가 할 수 있는 모든 걸 했다는 사실을 뚜렷이 깨달았다. 이제 나는 근심을 완전히 떨쳐 버리고 마음의 평정을 찾으려고 애썼다. 양심에 비추어 봐도 나의 행동은 정당했다. 그런데 내의도만큼 그렇게 만족스럽지는 못했다. 불같은 주인과 격노한 세입자들이 다시 사무실로 몰려올까 봐 두려워 나는 업무를 니퍼스에게 맡겨 놓고 며칠 동안 내 사륜마차를 몰고 도시를 돌아다녔다. 저지시티와 호버컨을 건너 맨해튼빌과 아스토리아를 슬쩍 방문하기도 했다. 사실 그 며칠 동안 나는 마차 안에서 살다시피 했다.

사무실에 다시 돌아와 보니 건물 주인한테서 온 편지가 내 책상 위에 놓여 있었다. 나는 떨리는 손으로 편지를 열어 보았다. 건물 주인이 바틀비를 부랑자로 경찰에 신고해 툼스 교도소에 보내졌다는 내용이었다. 게다가 내가 누구보다도 그를 잘 알고 있으니 나더러 교도소에 출두해 사실들을 진술해 달라는 것이었다. 이 소식을 접하자 나는 상호 모순적인 두 감정이 일어났다. 처음에는 분노가 생겼지만 마침내 그 조처를 받아들이게 되었다. 건물 주인은 정력적이고 결단력 있는 성격 때문에 나로선 결정을 내릴 수 없는 그런 조치를 취했다. 그런 특수한 상황에서 그것은 마지막으로 취할 수 있는 유일한 방법인 것 같았다.

나중에 들은 이야기이지만, 그 가엾은 필경사는 툼스로 보내진다는 말을 들었을 때 저항을 전혀 하지 않았다고 한다. 그 창백한 얼굴에 눈 하나 까딱하지 않고 기꺼이 따라갔다고 한다.

동정심 있고 호기심 어린 구경꾼 몇몇이 현장에 합류했다. 경찰관 한 명이 바틀비와 팔짱을 끼고 앞장서 걸어갔고, 침묵의 행렬이 정오의 소란스러운 대로의 온갖 소음과 열기와 즐거움을 헤치며 줄지어 나아갔다.

쪽지를 받은 그날, 나는 툼스 교도소, 아니 정확히 말해 법원으로 갔다. 담당 직원을 찾아 방문 목적을 이야기하자, 내가 찾는 사람이 수용되어 있다고 답변했다. 나는 그 직원에게 바틀비가 뭐라 설명할 수 없을 만큼 괴상한 인간이지만, 더없이 정직해서 특별히 동정을 많이 베풀어 주어야 할 사람이라고 보증해 주었다. 나는 내가 아는 모든 것을 진술한 뒤, 덜 가혹한 조처가 (그게 어떤 것인지는 잘 몰랐지만) 취해질 때까지 가능한 한 감방 생활을 편하게 할 수 있게 해 달라는 뜻을 넌지시 내비치면서 이야기를 마쳤다. 아무튼 어떤 결정도 내릴 수 없다면 구빈원이 그를 받아 주어야만 할 것이다. 그러고 나서 나는 면회를 신청했다.

어떤 끔찍한 죄를 저지른 것도 아니고, 행동도 온순하고 해도 끼치지 않아서 그는 교도소 안, 특히 사방이 벽으로 둘러싸이고 잔디가 깔린 안뜰을 자유롭게 거닐 수 있는 허락을 받았다. 그래서 나는 적막감이 감도는 뜰에 혼자 외롭게 서서 높은 벽을 우두커니 바라보고 있는 그를 발견했다. 사방에 있는 감옥 창문의 좁은 창에서 그를 뚫어져라 쳐다보고 있는 살인자와 도둑들의 눈을 본 것 같은 생각이 들었다.

"바틀비!"

"당신을 알고 있습니다." 그는 몸을 돌리지 않고 말했다. "당신하고 아무 말도 하고 싶지 않습니다."

"바틀비, 자네를 이곳으로 보낸 사람은 내가 아니야." 나를 넌지시 의심하는 것 같아 나는 가슴이 쓰라렸다. "그리고 이곳은 자네한테 그렇게 나쁜 장소는 아닐 거야. 여기 있다고 해서 그렇게 수치스러울 게 없어. 보다시피, 사람들이 생각하는 것만큼 서글픈 장소도 아니야. 보게, 하늘이 있고 잔디도 있지 않은가."

"제가 어디 있는지 알고 있습니다." 그가 말했지만 더 이상의 말은 하지 않으려고 해서 나는 자리를 떴다.

복도로 다시 돌아오자 앞치마를 두른 돼지처럼 살찐 한 남자가 나에게 말을 걸었다. 엄지손가락으로 그의 어깨 뒤를 가리키며 말했다. "저 녀석이 선생님의 친구요?"

"예."

"저 사람, 굶어 죽을 작정인가요? 정 그렇다면, 감방 음식만 먹게 내버려 두면 그뿐이지만."

"당신은 누구요?" 나는 이런 곳에서 비공식적인 투로 말하는 사람을 어떻게 생각해야 할지 몰라 물었다.

"사식업자요. 이곳에 친구를 둔 신사분들의 부탁을 받고 음식물을 날라 주고 있죠."

"그래요?" 나는 교도관을 돌아보며 말했다.

그는 그렇다고 대답했다.

"그렇다면," 나는 은화 몇 닢을 그 사식업자(그곳에서는 그를 그렇게 불렀다.)의 손에 쥐여 주며 말했다. "저기 있는 내 친구를 좀 잘 보살펴 주고, 당신이 구할 수 있는 최고의 음식을 갖다 주세요. 그리고 그에게 되도록 상냥하게 대해 주길 부탁드립니다."

"나를 좀 소개시켜 주시지 않겠습니까?" 그 사식업자는 자신의 예의를 보여 줄 기회를 갖고 싶어 안달하는 표정으로 나를 쳐다보며 말했다.

그렇게 하면 저 필경사한테 도움이 되리라 생각하고 나는 승낙했다. 그리고 사식업자의 이름을 묻고 그와 함께 바틀비에게 갔다.

　"바틀비, 이 사람은 친구야. 너한테 여러모로 도움이 될 거야."

　"전 선생님의 하인입죠. 선생님의 하인입죠." 사식업자는 앞치마를 두른 채 허리를 굽혀 인사를 했다. "여기서 즐거운 시간 보내시길 바랍니다. 나리, 뜰도 깨끗하고 방도 시원하고 당분간 저희와 함께 잘 지내시게 될 텐데… 유쾌하게 지내셨으면 합니다. 오늘 저녁 뭘 드시고 싶으세요?"

　"오늘은 저녁을 먹지 않는 편이 더 좋겠습니다." 바틀비는 얼굴을 돌린 채 말했다. "입맛에 맞지 않을 수 있습니다. 음식에 익숙하지 않습니다." 그렇게 말하고 그는 안뜰 반대편으로 천천히 걸어가 벽을 마주 보며 서 있었다.

　"어찌 된 일이지요?" 사식업자는 놀란 듯 눈을 동그랗게 뜨고 나를 보며 말했다. "별난 사람이군요, 그렇잖습니까?"

　"정신이 좀 이상한 것 같네요." 내가 힘없이 말했다.

　"정신이 이상하다고요? 정신이상이란 말인가요? 글쎄요, 나로선 선생님 친구가 위조범이라고 생각했죠. 그런 놈들은 늘 얼굴이 허옇고 신사처럼 보이죠. 위조범들 말이에요. 불쌍

해서 견딜 수가 없어요, 선생님. 먼로 에드워즈*를 아세요?"

그는 의미심장하게 말하고선 잠시 말을 멈추었다. 그리고는 안됐다는 듯이 내 어깨에 손을 얹고 한숨을 쉬었다. "그 녀석 싱싱 교도소에서 폐렴으로 죽었죠. 그런데, 선생님은 먼로와 친분이 없으시다고요?"

"그렇소, 위조범들과는 관계가 전혀 없소. 근데 이곳에 더 머물 시간이 없군요. 내 친구를 부탁해요. 사례하겠소. 그럼 또 만납시다."

그로부터 며칠이 지났다. 나는 다시 툼스 교도소에 들어갈 허가를 받고 바틀비를 찾아 복도를 돌아다녔지만 찾을 수 없었다.

"조금 전에 독방에서 나오는 걸 봤습니다." 교도관이 말했다. "안뜰에서 산책이라도 하겠지요."

그래서 나는 그쪽으로 갔다.

"그 말없는 사람을 찾고 있습니까?" 내 옆을 지나치던 다른 교도관이 말했다. "저기 누워 있습니다… 저 안뜰에서 잠을 자고 있어요. 눕는 걸 본 지 20분도 되지 않았어요."

안뜰은 적막감이 들 정도로 고요했다. 일반 죄수들은 출입

---

* Monroe Edwards: 미국의 노예상인이자 위조범. 1847년 감옥에서 사망했다.

이 금지되어 있는 곳이었다. 사방을 둘러싸고 있는 담장은 엄청나게 두껍고, 담장 바깥의 소음은 완전히 차단되어 있었다. 이집트풍의 석조건물은 그 음울함으로 나를 짓눌렀다. 그러나 발밑에는 푹신한 잔디가 역시 갇힌 채 자라고 있었다. 그곳은 영원한 피라미드의 심장부처럼 보였다. 그곳에 새들이 떨어뜨린 씨앗이 어떤 신비스러운 마법에 의해 돌 틈 사이에서 싹트고 있는 것 같았다.

나는 벽 밑에서 이상하게 몸을 웅크려 두 무릎은 세우고, 싸늘한 돌에 머리를 대고 옆으로 누워 있는 초췌한 바틀비를 보았다. 그러나 몸은 꿈쩍도 하지 않고 있었다. 나는 걸음을 주춤했고, 다시 그에게 가까이 다가가 고개를 숙이고 들여다보니 그의 흐릿한 두 눈은 뜨여 있었다. 눈을 감고 있었더라면 깊이 잠들어 있는 것처럼 보였을 것이다. 그의 몸에 손을 대 보고 싶은 충동이 일었다. 그의 손을 만지자 오싹한 전율이 내 팔을 타고 올라와 척추를 타고 발끝까지 내려갔다.

사식업자의 둥그스름한 얼굴이 나를 빤히 보고 있었다. "그 사람 식사가 준비돼 있는데요. 오늘도 안 먹을 건가요? 아니면 먹지 않고도 사는 겁니까?"

"먹지 않고도 살지요." 나는 말하면서 그의 눈을 감겨 주었다.

"에! 잠들었군요. 그렇죠?"

"임금들과 모사들과 함께."* 나는 중얼거렸다.

* * *

이제 이 이야기는 계속할 필요가 없겠다. 가련한 바틀비의
매장에 관한 이야기는 독자들의 상상에 맡기기로 하겠다. 다
만 독자들과 헤어지기에 앞서 이것만은 한마디 하고 싶다. 이
별 볼 일 없는 이야기가 독자들의 관심을 끌어 바틀비가 누
구며, 또 나와 관계를 맺기 전에 어떤 삶을 살아왔는지에 대
해 호기심을 갖게 되더라도, 솔직히 나도 같은 호기심을 가지
고 있지만, 그것을 충족시킬 수 없어 미안할 뿐이다. 그러나
그 필경사가 죽은 지 몇 달 뒤 풍문으로 들은 것이 있는데, 그
것을 밝혀야 할지 잘 모르겠다. 그 풍문은 바틀비가 죽고 난
몇 달 뒤 내 귀에 들어왔다. 그 풍문이 어떤 근거에 의한 것인
지 나로서는 확인할 수 없었고, 따라서 그것이 어디까지가 진
실인지는 알 수 없다. 그러나 이 막연한 풍문이 슬픈 것이기
는 해도, 나에게 다소간의 흥미로운 암시가 없는 것은 아니었

---

* 욥기 3장 14절 내용: "자기를 위하여 폐허를 일으킨 세상 임금들과 모사들과 함께 있었
  을 것이요."

허먼 멜빌

기에 다른 사람들에게도 그렇게 비칠 수 있을 것이니, 간단하게 언급할까 한다. 풍문은 다음과 같았다. 바틀비는 워싱턴 우체국의 배달 불능 우편물 취급부서에서 근무했던 말단 직원이었는데 행정상 구조 개편으로 갑자기 해고당했다는 것이다. 이 풍문을 곰곰이 생각해 보니 나는 이루 형언할 수 없는 착잡한 심정에 사로잡혔다. 배달할 수 없는 죽은 편지들! 죽은 사람들이라는 말처럼 들리지 않는가? 선천적으로 혹은 불운 때문에 무력한 절망에 빠지기 쉬운 인간을 상상해 보자. 이 죽은 편지들을 쉴 새 없이 분류해서 불태워 버리는 직업만큼 그 절망을 더 깊게 만드는 직업이 또 있겠는가? 그런 편지들은 해마다 대량으로 불태워지기 때문이다. 안색이 창백한 그 직원은 가끔 접힌 편지들 사이에서 반지를 (원래 끼워지기로 되어 있던 손은 어쩌면 무덤 속에서 썩고 있을지 모른다.) 끄집어내기도 한다. 그리고 자선을 목적으로 특급으로 부쳐진 지폐도 나온다. 그것을 받아야 할 사람은 이제 먹지도 않고 배고플 필요도 없을 것이다. 절망하여 죽은 자들에게는 용서의 편지를, 희망을 잃고 죽어 간 사람들에게는 희망의 편지를, 구제받을 수 없는 재난에 질식하여 죽어 간 자들에게는 희소식을 전하는 편지들도 들어 있다. 생명의 심부름을 하는 이런 편지들은 죽음으로 치닫고 있다.

아, 바틀비여! 아, 인류여!

허먼 멜빌

꼬끼오!
혹은 고결한
베네벤타노의 노래

Cock-A-Doodle-Doo!
Or, the Crowing of the Novel
Cock Beneventano

세계 전역에서 포악한 전제 정권에 대해 활발하게 일어났던 많은 저항운동이 최근 들어 좌절되고 있었다. 마찬가지로 기관차와 기선의 사고 때문에 생긴 많은 끔찍한 사상자들이 수많은 여행자들의 활발한 여행을 좌절시켰다(나도 그런 사고 중 하나로 친한 친구 한 명을 잃었다.).

나 자신의 사적인 생활도 또한 압제와 사고와 좌절로 가득 차 있던 어느 이른 봄날 아침, 나는 기분도 울적하고 잠도 오지 않아 산허리에 있는 풀밭으로 산책을 하러 나갔다.

공기는 싸늘하고 안개가 끼어 눅눅해서 상쾌하지 않았다. 시골은 겨울잠에서 온전히 깨어나지 않은 듯 으스스한 기운이 도처에 퍼져 있었다. 나는 될 수 있는 한 이 눅눅한 공기가 들어오지 못하도록 내 얇은 더블 연미복*의 단추를 다 채

---

* 좌우 앞판을 겹쳐 잠그는 여밈 방식으로 된 외투.

우고 (내 오버코트는 너무 길어서 마차를 몰 때만 입었다.) 머리를 숙이고 돌능금나무 지팡이로 질척한 잔디밭을 심술궂게 찌르면서 가파른 언덕길을 올라갔다.

머리가 땅으로 자꾸 숙여지는 힘든 자세 탓에 마치 나는 머리로 세상을 들이받으면서 걷는 기분이었다. 나는 그렇게 걷는 것을 의식하고 있었지만 그저 히죽이 헛웃음만 지을 뿐이었다.

주위의 모습은 둘로 나눠 놓은 제국의 특징을 보여 주고 있었다. 옛 풀들과 새 풀들이 서로 다투고 있었다. 풀이 무성한 저습지에는 초목들이 강렬한 푸른색을 띠며 솟아오르고 있었다. 그 너머 산들에는 황갈색 비탈을 배경으로 엷은 눈밭이 이상할 정도로 선명하게 깔려 있었다. 혹처럼 튀어나온 뭇 언덕이 여기저기 흩어져 있는 얼룩무늬 소처럼 보였다. 숲에는 3월의 요란스러운 바람에 부러진 나뭇가지들이 흩어져 있는 반면, 숲 바깥 자락에 있는 어린나무들의 잔가지에는 노르스름한 빛을 띤 새순들이 돋아나기 시작했다.

나는 언덕 꼭대기 어름에서 썩어 가는 커다란 통나무에 잠시 걸터앉아, 울창한 숲을 등지고, 완만하게 경사진 변화무쌍한 전원을 에워싸며 넓게 굽이쳐 뻗어 있는 산맥을 바라보고 있었다. 길게 이어져 있는 산들의 기슭을 따라 강물이 열병에 걸려 고통스러운 듯 느릿느릿 흘러가고 있었고, 그 너머에는 구불구불한 본류와 정확히 닮아 있는, 짙은 안개가 잔뜩 끼어 있는 강이 아래로 흘러가고 있었다. 저 아래쪽에는 수증기 뭉치들이 마치 버려졌거나 조타장치가 없는 국민들이나 배처럼, 혹은 십자로 엇갈린 빨랫줄에 걸려 있는 젖은 수건처럼 대기 속을 무력하게 배회하고 있었다. 저 멀리, 산들로 둘러싸인 만처럼 생긴 평원에 자리 잡은 아득한 어느 마을에는, 엷은 실안개가 거대한 장막처럼 널찍하니 펼쳐져 있었다. 그것은 마을 굴뚝에서 나온 연기와 마을 사람들이 내쉰 숨이 마을을 둘러싸고 있는 산에 갇혀, 응축되고 응결되면서 생겨난 현상이었다. 그 실안개는 너무 무거워서 더 올라가지 못하고, 마을과 하늘 사이에 걸쳐져 시무룩한 표정의 어른들과 성미가 고약한 아이들을 빈틈없이 숨겨 주고 있었다.

내 눈은 널찍하게 굽이치는 평원, 산, 마을, 흩어져 있는 농가, 큰 숲, 작은 숲, 시내, 바위, 언덕을 바라보다가, 결국 인간이 이 위대하고 거대한 대지 위에 만들어 놓은 자취는 얼마나 하찮은 것인가 하는 생각에 잠겼다. 그렇지만 대지는 인간에게 자취를 남긴다. 오하이오에서 나의 친한 친구와 30명의 마음씨 좋은 사람들이 기관차 보일러의 연관에서 밸브가 빠진 것도 몰랐던 멍청한 기관사 때문에 돌아오지 못할 영원의 세계로 간 것은 얼마나 끔찍한 사건인가. 저기 저 산맥 너머 철로에서 일어난 열차 충돌사고로 얼빠진 두 기관차가 정면충돌해 솟구쳐 올라 서로의 몸뚱이를 할퀴었다. 한 기관차는 알을 깨고 나온 병아리처럼 외피가 완전히 벗겨진 채로 상대 열차의 객차 안으로 들어가 버렸다. 신혼부부 한 쌍과 아무 잘못 없는 갓난아기 하나를 포함한 스무 명의 고귀한 생명이 카론*의 음울한 배에 실렸고, 카론은 짐 하나 없는 그들을 쇳물이 펄펄 끓는 주철 공장 같은 곳으로 실어 날랐다. 그러나 한탄한들 무슨 소용이 있겠는가? 어느 치안판사가 이 사태를 바로잡아 주겠는가? 그렇다, 하늘에 대고 하소연한들 무슨 소용이 있겠는가? 하늘이 그렇게 되지 않도록 미리 정해 놓으면, 이런 일이 그렇게 일어나지 않을 수 있겠는가?

비참한 세상이여! 철도와 증기선, 그리고 세상 무수한 다른 중요한 것들을 관리하는 수많은 악당과 멍청이들 때문에 자신이 쌓은 부를 언제까지 간직할 수 있을지 모른다면, 누가 돈을 벌려고 애를 쓰겠는가? 사람들이 나를 잠시 북아메리카

---

* Charon: 『그리스신화』에서 죽은 자를 데리고 저승을 감싸고 흐르는 스틱스강을 건네 주는 뱃사공의 이름이다. 고대 그리스인들은 사람이 죽으면 여러 개의 강을 건너 저승에 이른다고 믿었다. 그리스어로 '기쁨'이라는 뜻이다.

의 지도자로 만들어 준다면, 나는 그들을 목매달아 교수형에 처해 질질 끌고 다니며 사지를 찢어 버릴 것이다. 튀기고, 볶고, 스튜처럼 끓이고, 칠면조 다리처럼 구워 잘라 버릴 것이다. 한심하고 돌대가리 같은 화부火夫들 같으니라고. 그놈들을 지옥에서 불이나 때도록 만들어 버릴 것이다. 꼭 그렇게 하고 말리라!

이 시대의 위대한 진보라고! 무슨 소리 하는 거야! 죽음과 살인을 조장시키는 것을 발전이라고 부르지! 빠르게 여행하기를 바라는 자라도 있는가? 우리 할아버지는 그런 것을 바라지도 않으셨고, 바보도 아니셨다. 잘 들어 보시오! 여기 그 늙은 용이, 몰록*과도 같은 거대한 곤충이, 코를 힝힝거리고! 엄청난 양의 연기를 내뿜고! 괴성을 지르며! 다시 오고 있다. 낙타를 타고 느리게 달리는 아시아의 콜레라처럼 몸을 똑바로 굽히고 신록의 숲속을 뚫고 들어오고 있다. 옆으로 비켜라! 여기에 그가 온다. 살인 면허를 소지한 살인자! 죽음의 독점전매자! 재판관과 배심원과 교수형 집행자들 모두가 함께 온다. 그들의 희생자들은 늘 교회의 혜택도 받지 못하고

---

* Moloch: 이스라엘의 이웃인 암몬족이 숭배한 무시무시한 신. 가나안과 페니키아에서도 숭배되었다. 몰록의 동상 내부에 불을 지펴서 그곳에 아이들을 산 제물로 던져 넣어 번제를 지냈다.

죽는다. 쇠로 된 악마가 "더! 더! 더!"라고 고함을 치면서 칙칙 폭폭 소리를 내며 250마일의 땅을 내달리고 있다. 그와 공모한 50개의 산들이 그에게 머리를 조아릴 것이며! 그렇게 하고 있는 동안, 산들은 어떤 기관차보다도 더욱 내 목숨을 위협하고 있는 빚 독촉꾼인 더 작은 악마한테도 머리를 숙일 것이다. 턱이 갸름하고 뾰족한 악당, 그자도 역시 철로 위를 달리는 것 같았다. 그자는 일요일에도 빚을 갚으라고 나를 귀찮게 했고, 교회까지 따라와 신도석에 앉은 내 옆자리에 앉아 예의 바른 척하며 나에게 읽을 페이지가 펼쳐진 기도서를 건네주고, 내가 기도하는 순간 성가신 청구서를 내 코밑에 내밀었다. 그렇게 해서 나와 구원 사이에 비집고 들어오니, 그런 난처한 경우에 화를 내지 않을 사람이 어디 있겠는가?

나는 이 지독한 인간에게 빚을 갚을 수 없다. 하지만 사람들은 시중에 돈이 이렇게 풍족했던 적이 없었다고 말한다. 시장에 널려 있는 약처럼 많다고 말이다. 그러나 그런 특별한 종류의 약이 더 이상 필요한 환자가 없는데도 내가 그런 약을 구할 수 있다면 나를 비난해도 좋다. 그 말은 거짓말이다. 돈이라는 것은 풍족한 법이 없다. 내 주머니 사정을 보면 알 수 있을 것이다. 하! 내가 도랑 파는 아일랜드 인부가 사는, 저 너머 오두막집의 병든 아기에게 보내 주려는 가루약이 여기 있다. 그 아기는 성홍열에 걸려 있다. 사람들은 홍역, 유사 천연두, 수두 같은 것이 이 나라에 유행하고 있다고 말하는데, 젖니가 나는 시기의 아이들에게는 심각한 일이다. 나는 가난한 집의 아이들이 이런 유행병을 겪으면서 결국 목숨을 잃는다고 생각한다. 아이들은 홍역, 이하선염, 위막성 후두염, 성홍열, 수두, 급성 위장염, 여름 설사 등의 질병에 쉽사리 걸렸다. 아! 내 오른쪽 어깨에 류머티즘으로 쿡쿡 찌르는 통증이 느껴진다. 승객들로 꽉 들어찬 배를 타고 노스강을 항해하던 어느 날 밤, 나는 아픈 부인에게 내 침대를 양보하고 가랑비가 내리는 갑판에 아침까지 머물러 있다가 그 증상이 생겼다. 사람이 자선을 베풀면 감사하다는 인사를 듣는다. 그런데 통증만 얻었다! 너 류머티즘아! 썩 꺼져 버려라. 만일 내가 그녀에게 도움을 베풀지 않고 그녀를 죽인 악당이 되었더라도 류머티즘 너는 이렇게까지 나를 괴롭히진 않았을 것이다. 나는 류머티즘에다 소화불량에도 시달리고 있다.

안녕! 두 살배기 송아지들이 다가오고 있다. 저놈들은 6개월 동안 외양간에서 차가운 사료만 먹다가 그곳에서 막 나와 목초지로 향하고 있었다. 보기에도 얼마나 비참하게 보이던지! 정말로! 혹독한 겨울을 견디어 냈음에 틀림이 없었다. 앙상한 뼈들이 팔꿈치처럼 튀어나왔다. 녀석들의 옆구리에는 이상한 것들이 여러 층의 팬케이크처럼 말라붙어 뒤엉켜 있었다. 몸 여기저기에 털이 닳아 떨어져 나갔다. 털이 덕지덕지 달라붙어 있지 않거나 닳아 없어진 부분에는 지저분한 털이 서로 뭉치고 문질러져서 떡 져 있는 것처럼 보였다. 사실, 녀석들은 두 살배기 송아지들이 아니라 이곳 목초지를 배회하는 여섯 마리의 혐오스러운 털 뭉치들이었다.

들어 보시오! 놀랐어, 저게 뭐지? 한 번 봐! 털 뭉치들이 어떤 소리를 듣고 귀를 쫑긋 세우고 일어서서는 저 아래 굽이치는 전원을 내려다보고 있다. 다시 들어 보라! 얼마나 청아한 소리인가! 얼마나 음악적인가! 얼마나 길게 들리는가! 그 얼마나 의기양양한 새벽의 감사 기도인가! "지극히 높은 곳에서는 하나님께 영광이요!"* 그 녀석은 세상 어떤 수탉 못지않을 만큼 또렷한 발음으로 외쳤다. 아니, 아니, 나는 다시 안정을 찾기 시작했다. 어쨌든 안개가 심하게 끼어 있지는 않았다. 저 멀리서 태양이 모습을 드러내기 시작하자 나는 몸이 따스해졌다.

들어 보시오! 다시 소리가 들린다. 이 지구상에서 저토록 경쾌하게 울어 젖히는 수탉의 소리를 일찍이 들어 본 적이 있

* 누가복음 2장 14절 내용.

는가! 또렷하고, 날카롭고, 결단력 있고, 활기에 차 있고, 흥겹고, 기쁨에 가득 찬 소리를. 녀석은 분명히 말하고 있다. "죽겠다는 소리 절대로 하지 마라!" 친구들아, 저 소리는 정말로 놀랍지 않은가?

나는 나도 모르게 저 두 살배기 송아지에게 열정적으로 말을 걸고 있다는 걸 알았다. 그것은 인간의 참된 본성이 가끔은 가장 무의식적인 방법으로 어떻게 스스로를 드러내는지를 보여 준다. 저기 아래 평원에서 배고픈 주인이 언제라도 목을 비틀어 잡아먹을 수 있는, 이 세상에서 하찮은 수탉한 마리가 뉴올리언스 전투*에서의 영광스러운 승리를 축하하는 계관시인처럼 목청껏 울고 있을 때, 나는 왠지 모르지만 두 살배기 송아지처럼 언덕 위에서 기분이 시무룩해져 있었다.

들어 보시오! 또 그 울음소리가 들린다. 친구들아, 저 녀석은 상하이**가 틀림없다. 이 나라에서 태어난 어떤 수탉도 저렇게 의기양양하게 엄청난 선율을 뽑아내지는 못한다. 분명히, 친구들아, 중국 황실 혈통의 상하이일 것이다.

---

* 뉴올리언스 전투: 1814년 12월부터 1815년 1월까지 영국과 신생국 미국 사이에서 벌어진 전투.
** Shanghai: 다리가 긴 닭의 일종.

그러나 내 친구인 털 뭉치들은 이제 저 승리에 찬 음색으로 의기양양하게 울어대는 소리에 깜짝 놀라 허공에 꼬리를 마구 흔들며 도망치고 있었다. 네 다리로 뛰는 모습이 서툴고 어설퍼 보여, 녀석들이 지난 6개월 동안 다리를 마음대로 흔들어대지 못했던 것이 분명했다.

들어 보시오! 저기에서 소리가 다시 들린다! 누구의 수탉일까? 이 지역에서 누가 저런 예사롭지 않은 상하이를 살 능력이 되는가? 당치도 않다. 내 피가 끓는다. 흥분된다. 뭘까? 내가 여기 이 오래된 썩은 통나무 위에 뛰어올라 수탉처럼 내 팔꿈치를 퍼덕거리게 하는 게 뭘까? 그러고는 나는 곧 서글프고 우울한 기분이 들었다. 이 모든 것은 그저 저 수탉의 단순한 울음소리에서 비롯되었다. 놀라운 수탉! 그러나 연약한 저 녀석은 이제 가장 활기차게 울고 있다. 그런데 지금은 아침 시간이다. 정오와 해 질 무렵에는 어떻게 우는지 살펴보자. 생각해 보면, 수탉들은 하루가 시작되는 시간에 가장 기운차게 운다. 그렇지만 녀석들의 원기는 지속되지 않는다. 그렇다, 그래. 수탉들도 보편적인 시련의 마법에 굴복해야 한다. 처음에는 의기양양하다가 결국에는 풀이 죽고 만다.

… 화창한 아침마다,

우리 활기찬 수탉들이 기쁨 속에서 울기 시작한다.

그러나 해 질 무렵이 다가오면 우리는 그렇게 많이 울지 않는다.

그때쯤 낙담과 광기가 오기 때문이다.[*]

이 시인이 이 시를 썼을 때 바로 이 상하이를 염두에 두고 있었다. 그러나 잠깐. 녀석이 다시 목청껏 울고 있다. 아까보다 열 배나 더 낭랑하고, 충만하고, 길고, 시끄럽고 의기양양하게! 사실, 저 종을 떼어 버리고 저 상하이를 그 자리에 세워놓아야 한다. 저 울음소리는 마일엔드Mile-End에서부터(그건 끝end이 아니다.) 프림로즈 힐Primrose Hill(그곳엔 앵초primrose가 없다.)에 이르기까지 런던의 모든 시민들을 즐겁게 해 줄 것이고, 안개를 흩어지게 해 줄 것이다.

그런데, 나는 지난주에는 식욕이 없었지만 오늘 아침에는 식욕이 좀 당긴다. 차와 토스트만 먹을 작정이었는데, 커피와 계란 몇 개도 먹어야겠다. 아니 갈색 스타우트 맥주와 비프스테이크를 먹어야겠다. 푸짐한 식사를 하고 싶다. 아, 하행열차가 다가오고 있다. 하얀 객차들이 은빛 정맥처럼 나무들을 뚫

---

[*] 윌리엄 워즈워스(William Wordsworth)가 1807년에 발간한 『시집(Poems)』에 수록된 「결의와 독립(Resolution and Independence)」이라는 시를 패러디한 것이다. 이 시의 7연 5-7행의 내용은 다음과 같다. 우리 자신의 정신으로 우리는 신성화된다. / 우리 시인들은 젊을 때는 기쁨 속에서 시작하지만, / 그로 인해 결국에는 낙담과 광기가 온다.

고 빠르게 지나간다. 증기관이 칙칙폭폭 쾌활하게 노래한다! 승객들도 즐거워한다. 손수건을 흔들며, 굴을 먹으러, 친구들을 만나러, 서커스를 구경하러 런던으로 가고 있다. 저 멀리 안개를 보라. 언덕 주위에서 동그랗게 말려 굽이치는 부드러운 안개를. 그리고 태양은 언덕들 사이에서 햇살을 누비듯 펼치고 있다. 신혼부부 침대 위의 푸른 캐노피처럼 마을 위 상공을 덮고 있는 푸른 연기를 보라. 강물이 목초지 위로 넘쳐흐르는 저 시골은 얼마나 기운차 보이는가. 옛 풀들은 새 풀들에 항복해야 한다. 좋아, 이렇게 산책을 하니 기분이 좋아졌다. 이제 집으로 가서 스테이크를 먹고 갈색 스타우트stout 맥주를 따서 마셔야겠다. 스타우트 맥주를 1쿼트쯤 마시고 나면 삼손만큼이나 힘이 솟아오를stout 것이다. 그런데, 생각해 보니, 그 빚쟁이가 찾아올지도 모른다. 저 숲속에 들어가 나무 몽둥이라도 하나 만들어야겠다. 어이쿠! 그자가 오늘 빚독촉을 한다면 몽둥이로 패 줄 것이다.

들어 보시오! 상하이가 다시 노래하고 있다. 상하이는 말한다. "브라보!" 상하이는 말하고 있다. "그자를 때려 주세요!"

오, 용감한 수탉!

나는 드물게도 오전 내내 기분이 좋았다. 빚쟁이가 11시경 나를 찾아왔다. 나는 집에서 일하는 아이인 제이크에게 그를 위층으로 올려 보내라고 했다. 나는 『트리스트럼 샌디』*를 읽고 있었고, 그런 상황에서 아래층으로 내려갈 수 없었다. 그 말라빠진 악당이 (말라빠진 농부이기도 하다. 이 점을 생각해 두길 바란다!) 들어와서는, 탁자 위에 두 다리를 올린 채 안락의자에 앉아 두 번째 갈색 스타우트 병을 가까이 두고 책을 읽고 있는 내 모습을 보았다.

"앉게." 내가 말했다. "이번 장을 다 읽은 후 자네와 이야기하겠네. 좋은 아침이야. 하! 하! 이 부분은 토비 삼촌과 웨드먼 미망인에 관한 풍자를 훌륭하게 다룬 장이지! 하! 하! 하! 이 부분을 자네한테 읽어 주겠네."

"전 시간이 없습니다. 낮에 할 일이 있어요."

"할 일이 있다고, 제기랄!" 내가 말했다. "여기에 담뱃가루 떨어뜨리지 마. 그랬다간 쫓아내 버릴 거야."

"선생님!"

"미망인 웨드먼에 대한 내용을 읽어 줌세. 미망인 웨드먼은 말했다……."

"제 청구서 여기 있습니다. 선생님."

"아주 좋군. 그것 좀 말아 주겠나. 담배 피울 시간이 되어

---

* 『트리스트럼 샌디(Tristram Shandy)』: 아일랜드 태생의 영국 작가 로렌스 스턴(1713~1768)의 장편소설. 원제목은 『신사, 트리스트럼 샌디의 생애와 의견』이다.

서. 그리고 저기 벽난로에서 석탄 한 덩이 좀 가지고 오게!"

"제 청구서를, 선생님!" 악당이 나의 뜻밖의 반응에 (전에도 나는 늘 창백한 얼굴로 그의 말을 교묘히 받아넘기며 회피했다.) 화가 치밀어 오르고 놀라서 얼굴이 하얗게 변한 채 말했다. 하지만 그는 너무나 신중해서 무척 놀란 기색을 아직은 드러내지 않았다. "제 청구서를 좀, 선생님." 그는 청구서를 나에게 단호하게 내밀었다.

"이보게." 내가 말했다. "멋진 아침이지! 시골 풍경이 참으로 아름답군! 이봐, 오늘 아침에 그 예사롭지 않은 수탉 울음소리 들어 봤나? 스타우트 한 잔 하게!"

"선생님의 스타우트를요? 동네 사람들에게 스타우트를 권하기 전에 우선 빚부터 갚으셔야죠!"

"그럼, 자네는, 정확히 말해, 내가 스타우트가 없다고 생각하고 있군." 나는 의도적으로 몸을 일으키며 말했다. "자네의 그릇된 생각을 깨우쳐 주도록 하겠네. 바클레이와 퍼킨스보다 더 나은 스타우트를 보여 주겠네."

나는 별로 힘을 들이지 않고, 그 거만한 빚쟁이의 헐렁한 상의를 (그 가엾은 녀석은 몸도 마르고 배도 튀어나오지 않아 옷이 헐렁했다.) 움켜쥐었다. 나는 그런 식으로 그를 움켜쥐고 세일러 매듭 방식으로 그를 묶고선, 그의 청구서를 그의 윗니와 아랫니 사이에 쑤셔 넣고 우리 집 근처에 있는 공터로 끌고 갔다.

"제이크," 내가 말했다. "창고에 가면 푸른 코 감자* 한 자루가 있을 거야. 그걸 이리 갖고 와서 이 빌어먹을 놈한테 줘 버려. 이자가 나한테 푼돈을 구걸하러 왔거든. 일을 할 수 있는데 게으르단 말이야. 감자 한 자루 줘서 당장 쫓아 버려, 제이크!"

행운의 신에게 감사하게도 수탉의 울음소리가 들리지 않는가! 상하이는 찬가이자 찬송가를 완벽하게 (승리의 나팔 소리 같은 것이어서 내 영혼이 다 흥얼거렸다.) 보내 주었다. 빚쟁이들! 그들이 떼를 지어 몰려와도 나는 대적할 수 있다. 분명히 상하이는 빚쟁이들이란 걷어차이고, 목매달리고, 멍이 들고, 두드려 맞고, 질식당하고, 호되게 얻어맞고, 몽둥이질 당하고, 물에 잠기고, 곤봉으로 얻어맞기 위해 이 세상에 태어난 자들이라는 생각을 가지고 있었다.

집으로 돌아와 빚쟁이에게 승리한 우쭐한 기분이 약간 가라앉자, 나는 그 신비스러운 상하이에 대해 골똘히 생각하기

* Blue-nosed Potatoes: 푸른코(Bluenose)라는 말은 캐나다 남동부의 노바스코샤주에 사는 사람들을 가리키는 닉네임이다. 따라서 푸른코 감자는 노바스코샤에서 재배된 감자를 뜻한다.

시작했다. 내 집에서 상하이의 울음소리를 들으리라고는 생각지도 못했었다. 나는 그놈이 어느 부유한 신사 양반의 집에서 우는지 궁금했다. 그놈은 내가 예상했던 것과는 달리 우는 걸 쉽게 멈추지 않았다. 상하이는 적어도 한낮까지 계속 울어댔다. 온종일 울 것인가? 나는 알아보기로 작정했다. 다시 그 언덕 위로 올라갔다. 이제는 전 지역에 즐거운 햇살이 퍼져 있었다. 내 주위의 사방에는 신록이 온화하게 솟아올라오고 있었다. 소들이 들판에서 풀을 뜯고 있었고, 남쪽에서 방금 도착한 새들이 공중에서 즐겁게 노래를 부르고 있었다. 심지어 까마귀들도 어떤 종교적인 열정으로 깍깍거렸고, 색깔도 평소보다 덜 새까매 보였다.

들어 보시오! 수탉의 노랫소리가 들린다! 한낮에 우는 저 상하이의 울음소리를 어떻게 묘사할 수 있을까! 해 뜰 무렵의 울음소리는 이 소리에 비하면 속삭임에 불과했다. 지금의 이 소리는 지금껏 사람을 놀라게 한 것 중에서 가장 우렁차고, 가장 길고, 가장 기이한 음악적인 울음소리였다. 나는 예전에도 수많은 수탉의 울음소리를 들었고, 그중에는 근사한 소리를 내는 울음도 많았다. 하지만 이놈은! 이놈의 당찬 노랫소리는 플루트처럼 매끄럽고 맑은 음색을 냈고, 환희의 의기양양함에는 차분함마저 깔려 있었고, 마치 황금 목구멍 저 깊숙한 곳에서 뿜어져 나오는 것처럼 웅장하게 울려 퍼지고, 하늘 높이 치솟고, 가슴 벅차게 부풀어 올랐고, 멀리멀리 퍼져 나갔다. 이 소리는 세상 물정 모르고, 비참하게도 앞으로 어떤 일을 겪게 될지 모르기 때문에 안하무인 격으로 유쾌한 인생을 살기 시작하는, 어린 수탉의 어리석고 허세 어린 울음과는 달랐다. 이것은 울음 속에 반드시 어떤 교훈이 담겨 있는 그런 수탉의 노랫소리였다. 다시 말해 세상 물정을 알고 있는 수탉의 노랫소리, 세상과의 싸움에서 승리를 거둬 땅이 솟아오르고 하늘이 무너져도 노래하기로 결심한 수탉의 노랫소리. 지혜로운 수탉, 무적의 수탉, 철학적 수탉, 모든 수탉의 수탉이었다.

나는 다시 한번 활력과 불굴의 정신으로 무장해 집으로 돌아왔다. 나는 나의 부채와 다른 골치 아픈 문제들에 대해, 해외의 억압받는 가난한 민족들의 불운한 봉기에 대해, 철도와 기선 사고에 대해, 심지어 나의 친한 친구를 잃은 사고에 대해 차분하고 온화하고 환희에 찬 저항심으로 생각해 보았다. 그런 생각을 하다 나는 깜짝 놀랐다. 나는 자기 신뢰와 보편적인 안전감이 충만한 상태에서 마치 내가 죽음을 만나, 그를 식사에 초대하고, 그와 함께 카타콤*을 위해 축배를 들 수 있을 것 같은 기분이 들었다.

저녁 무렵 나는 그 장엄한 수탉이 해가 뜰 때부터 질 때까지 정말로 굴하지 않고 계속 우는지 알아보기 위해 다시 그 언덕 위로 올라갔다. 저녁기도 혹은 만종을 알리는 소리! 수탉의 저녁 울음은 두 날개를 가진 무리를 이끄는 동방의 크세르크세스**처럼 힘찬 목구멍에서 솟아올라 온 땅에 울려 퍼졌다. 그건 불가사의였다. 참으로 대단한 수탉이다! 그 수탉은 틀림없이 그날 하룻밤을 보내기 위해 온종일 그 승리의 노래를 계속 불렀으며, 그의 수천 번에 이르는 노래의 메아리를 밤에 남겨 주었다.

나는 보통 때와 달리 깊은 잠을 개운하게 잔 뒤, 아침 일찍 일어나 스프링처럼 가볍고 가뿐하게, 쾌활하게, 철갑상어의 주둥이처럼 기분 좋게 일어났다. 그리고 축구공처럼 튀어오르듯 기운차게 언덕을 올라갔다. 들어 보시오! 상하이가 나보다 먼저 일어났다. 일찍 일어나 벌레를 잡아먹은 그 수탉은 (엔진으로 작동되는 나팔처럼) 활기차고 의기양양한 소리를 우렁차게 뱉어 내고 있었다. 흩어져 있는 농가 여기저기에서 다른 많은 수탉들이 울며 서로의 울음에 화답하고 있었다. 그러

* Catacombs: '낮은 지대의 모퉁이'란 뜻의 헬라어. 초기 그리스도 교도의 피난처가 된 지하묘지.
** Xerxes: 고대 페르시아 제국의 황제.

꼬끼오! 혹은 고결한 베네벤타노의 노래

나 상하이가 트롬본이라면 그 수탉들은 플레젤렛*에 불과했다. 상하이가 갑자기 끼어들어 폭발음과도 같은 우렁찬 소리를 질러 그들의 울음소리를 지배해 버렸다. 녀석은 자신의 울음소리 외에는 어떤 것에도 관심이 없는 것 같았다. 그놈은 다른 수탉들의 소리에 화답하지 않고, 고독하게 조소를 띠고 독립적으로 자신만을 위하여 울고 있었다.

오, 용감한 수탉이여! 오, 고귀한 상하이여! 오, 무적의 소크라테스가 인생에 대한 최후 승리의 증거로서 정당하게 제시한 새.

나는 생각했다. 내가 살아 있으므로, 이 축복받은 날, 만일 내가 내 땅을 담보로 또 다른 돈을 빌릴 수 있다면, 가서 상하이를 찾아내 그놈을 사고 말리라.

나는 이제 주의 깊게 귀를 기울여 그 울음소리가 어디서 나는지 알아보았다. 그러나 그 소리는 에너지가 너무나 강렬하고 충만하고 온 대기에 넘쳐흘러 그 승리의 환성이 정확히 어느 지점에서 나오는지 알기가 어려웠다. 내가 내린 결론은, 이 울음소리는 서쪽이 아닌 동쪽에서 나온다는 것이었다. 그런 뒤 나는 수탉의 울음소리가 얼마나 멀리까지 들릴 수 있

* Flageolets: 6개의 소리 구멍이 있는 일종의 은(銀) 피리.

는지를 곰곰이 가늠해 보았다. 이처럼 산으로 둘러싸여 있는 고요한 시골 지역에서 소리는 아주 먼 곳까지 들릴 수 있다. 게다가, 땅이 굽이치고 인접한 산들이 완만하게 경사진 언덕들과 함께 아래 계곡으로 이어져 있어, 이 지역은 이상한 메아리의 반향과 소리의 증폭 현상과 공명의 축적 현상까지 생기는데, 이럴 경우 매우 독특하게 들리고 또 아무리 생각해도 헷갈리게 들린다. 두려워하지 않고 죽는 싸움닭, 그리스인과 같은 이 용감한 상하이, 쾌활한 소크라테스의 새는 어디로 숨어들었는가? 그대는 어디에 도사리고 있는가? 오, 고귀한 수탉, 너는 어디에 있느냐? 다시 한 번 울어다오! 나의 반탐닭이여!* 나의 웅장한 황제의 상하이여! 중국 황제의 새여! 태양의 형제여! 위대한 주피터의 사촌이여! 너는 어디에 있느냐? 다시 한 번 울어 너의 번지수를 말해 다오!

들어 보시오! 전 세계의 수탉들로 구성된 오케스트라처럼 수탉의 울음소리가 퍼지고 있다. 그러나 어디에서? 소리는 나는데 어디서? 동쪽에서 들린다는 것만 빼고는 더 이상 알 길이 없었다.

아침 식사를 마치고 나는 지팡이를 들고 큰길로 나섰다.

---

* 인도네시아 무역항인 반탐 지방이 원산지인 덩치가 작은 닭. 권투선수 중 체중이 적은 사람을 반탐급이라고 한 것도 이 닭에서 유래되었다.

그 주변에는 많은 신사들의 집이 여기저기 흩어져 있었다. 이 부유한 신사 중 몇 명이 트레이드윈드호, 화이트스콜호 혹은 소버린오브더시스호*에 실어 최근에 들여 온 로열상하이에 1백 달러를 투자했다는 것은 의심의 여지가 없다. 그렇게 멋진 수탉이라는 재산을 실어 나른 배는 멋진 이름을 가진 훌륭한 배임에 틀림없었기 때문이다. 나는 마을을 샅샅이 걸어 다니며 이 고귀한 외래동물을 찾아보기로 결심했다. 하지만 걷던 중, 초라하기 그지없는 농가에 들러 농부들에게 혹시나 도시에서 이주한 신사들이 소유하고 있는, 최근에 수입된 상하이에 대해 들은 적이 있는지 물어보는 것도 나쁘지 않을 것 같다는 생각이 들었다. 가난한 농부나 그들 부류의 사람들이 그런 동양의 트로피, 다시 말해 세인트폴 대성당의 그레이트 벨처럼 목구멍에서 우렁차게 울려 퍼지는 그런 수탉을 소유할 수 없으리라는 것은 분명했다.

나는 길가 울타리 근처 밭에서 쟁기질을 하는 어느 노인을 만났다.

"이보세요, 최근에 별나게 우는 수탉의 울음소리를 들어 본 적 있습니까?"

---

* Trade Wind, White Squall, Sovereign of the Seas는 각각 무역풍, 무운(無雲) 돌풍, 바다의 군주라는 뜻이다.

"글쎄, 글쎄요." 그는 느릿느릿 말했다. "잘 모르겠는데요…
크로풋 과부댁이 수탉 한 마리를 기르고 있긴 합니다만… 그
리고 스퀘어토스 나리 댁에도 한 마리 있고… 저의 집에도
한 마리 있는데 모두가 울지요. 하지만 그놈들 중 어느 것이
별나게 우는지는 잘 모르겠습니다."

"잘 알겠소." 나는 퉁명스럽게 대답했다. "중국 황제의 수탉
이 우는 소리는 확실히 들어 보지 못했나 보군요."

이내 나는 금방이라도 쓰러질 듯한 낡은 가로장 울타리를
고치고 있는 또 다른 노인을 만났다. 가로대들은 썩어서 노인
의 손이 스칠 때마다 바스러져 노란색 가루가 흘러내렸다. 울
타리를 그대로 내버려 두거나 아니면 새 가로대를 설치하는
게 더 나아 보였다. 여기서 한 마디 해 두어야겠다. 다른 계층
의 사람들보다 농민들이 더 우둔하다는 서글픈 사실의 한 가
지 근거는 그들이 따뜻하고 나른한 봄날에 썩은 가로장 울타
리를 수선하는 데서 찾아볼 수 있다. 그런 일은 해 봤자 소용
이 없다. 힘이 들고 무익한 일이다. 비통스러운 작업이다. 헛
된 일을 하는 데 엄청난 노력만 들 뿐이다. 썩은 가로장 울타
리를 녹슨 못으로 박아 놓은들 얼마나 오래 지탱할 수 있겠는
가? 60년의 겨울과 여름에 걸쳐 얼어붙었다가 뜨겁게 달구어
지기를 반복한 막대기 안에 무슨 수로 송진을 집어넣을 수 있

겠는가? 이것은 썩은 가로장으로 썩은 가로장 울타리를 수리하는 한심한 시도라고 볼 수밖에 없다. 많은 농부들은 그런 한심한 일을 하다가 요양원에 들어간다.

그 노인의 얼굴에는 치매 초기 증상이 확연히 드러났다. 그 앞에 길게 뻗어 있는 60여 개의 막대기들은 내가 이제껏 본 것 중 가장 형편없고 가장 실망스럽고 비통한 버지니아 가로장 울타리*들 중 하나였다. 그 뒤 들판에서는 귀신에 홀린 듯한 거세한 수송아지 무리들이 이 허망한 낡은 울타리를 계속 들이받아 뚫고는 이리저리 나아갔다. 그러자 노인은 하던 일을 멈추고 잡을 수 있는 범위 안에 있는 송아지들을 쫓아다녔다. 노인은 골리앗의 창만큼이나 크지만 코르크처럼 가벼운 가로장 하나를 들고 송아지를 뒤쫓았다. 그 가로장은 얼핏 보기에는 그럴듯했지만 이내 바스러져 가루가 되어 버렸다.

"실례합니다." 나는 이 애처로운 노인에게 말을 건넸다. "요 근래에 예사롭지 않게 우는 수탉의 울음소리를 들어 보셨나요?"

차라리 째깍거리는 죽음의 초침 소리를 들어 봤느냐고 물어보는 편이 더 나았을 것이다. 노인은 뭐라고 표현할 수 없는

---

* Virginia rail-fences: 통나무를 일정한 각도로 교차시켜 그 위에 가로대를 얹어 만든 지그재그 울타리.

어리둥절하고, 서글픈 눈빛으로 나를 오랫동안 바라보고서는 아무 대꾸도 없이 다시 일 같지 않은 일을 시작했다.

나는 생각했다. 바보스럽게도 기쁨이라곤 요만큼도 없는 침울한 노인에게 쾌활한 수탉에 대해 물어보았으니!

나는 계속 걸어갔다. 나는 내 집이 위치하고 있는 높은 지대에서 아래로 내려왔으므로 낮은 지대에서는 상하이의 울음소리를 들을 수 없었다. 그놈의 울음소리는 높은 지대에서 분명히 나를 지나쳤을 것이다. 게다가 상하이가 점심으로 옥수수와 귀리를 먹거나, 아니면 낮잠을 잘 수도 있어 그놈의 의기양양함이 잠시 중단되었을지도 모를 일이었다.

마침내 나는 돈이 꽤 많은 뚱뚱한 신사, 아니 숨이 찰 정도로 비대한 신사를 만났다. 그는 최근에 좋은 땅을 구입해 거기에 근사한 대저택을 지었고, 멋진 닭장도 하나 만들었다. 그의 이런 명성은 시골 마을 전체에 자자했다. 나는 상하이의 주인이 바로 그 사람이라고 생각했다.

"안녕하세요." 나는 말했다. "실례합니다만 저도 이 지역에 살고 있는데, 혹시 상하이를 키우고 계십니까?"

"아, 예. 열 마리쯤 키우고 있죠."

"열 마리씩이나!" 나는 놀라서 소리쳤다. "그러면 모두가 웁니까?"

"아주 활기차게 울죠. 모든 놈이 그렇게 울어요. 울지 않는 수탉은 키우지를 않습니다."

"집으로 가서 그 상하이 닭들을 제게 보여 주실 수 있겠습니까?"

"그렇게 해 드리죠. 전 그놈들이 자랑스럽습니다. 그놈들을 사는 데 다 합쳐 6백 달러나 들었습니다."

그의 말 옆에서 걸어가면서 나는 어쩌면 열 마리의 상하이가 동시에 조화롭게 우는 소리를 한 마리의 상하이가 내는 초자연적인 울음소리로 잘못 알아들은 것은 아닌가 하는 생각이 들었다.

"그런데요." 내가 말했다. "상하이들 중에서 활기차고, 음색이 아름답고, 영감을 불러일으킬 정도로 우는 최고의 한 마리가 있습니까?"

"그놈들의 울음소리는 거의 비슷하죠." 그는 정중하게 대답했다. "그들의 울음소리를 구별할 수 있을지 모르겠습니다."

결국 나는 나의 고귀한 수탉은 이 부유한 신사의 집에는 없을 것 같다는 생각이 들었다. 그렇지만 우리는 그의 닭장에 들어가 그가 키우는 상하이들을 봤다. 여기서 나는 이런 외래종 닭을 여태껏 한 번도 본 적이 없었다는 사실을 말해 두어야겠다. 나는 그놈들의 가격이 무척 비싸고, 덩치도 엄청

크다는 이야기를 들어 왔던 바, 어쨌든 덩치와 가격에 걸맞는 아름답고 눈부신 놈들일 거라고 생각해 오고 있었다. 그런데 깃털은 약간의 광채도 없고 그저 홍당무 빛깔인 열 마리 괴물을 보고 나는 깜짝 놀랐다. 즉시 나는 나의 위풍당당한 수탉이 이들 가운데 없고, 이 덩치 큰 누런 닭들이 진짜 상하이의 순수 혈통이라고 한다면, 나의 상하이는 상하이가 아닐 것이라는 결론을 내렸다.

나는 하루 종일 걸어 다니고, 어느 농가에서 점심을 먹고 휴식을 취하고, 이런저런 닭장들을 들여다보고, 닭을 키우는 많은 주인들에게 물어보기도 하고, 다양한 울음소리를 귀 기울여 듣기도 했다. 그러나 그 신비스러운 수탉을 발견하지 못했다. 사실 나는 그 울음소리에서 너무 멀리 벗어나 있어서 그 녀석의 울음소리를 들을 수 없었다. 나는 이 수탉이 우리 마을에 잠시 들렀다가, 11시 기차를 타고 남쪽으로 떠났으며, 지금은 롱아일랜드사운드*의 풀이 우거진 둑 어딘가에서 의기양양하게 울고 있을 거라는 의심이 들기 시작했다.

그러나 다음날 아침, 나는 그 활기찬 울음소리를 다시 듣고는 내 피가 끓어오르는 것을 느꼈고, 모든 삶의 불행에 다시

* Long Island Sound: 미국 코네티컷주와 롱아일랜드 사이에 놓인 177킬로미터 길이의 해협.

초연해지는 느낌을 받았으며, 빚쟁이를 대문 밖으로 쫓아낼 것 같은 기분이 다시 들었다. 그러나 지난번에 집에 찾아와서 내게 받은 대접에 기분이 상한 그 빚쟁이는 발길을 끊었다. 분명히 화가 단단히 난 걸로 봐서 해가 없는 장난 어린 농담을 진담으로 받아들이는 어리석은 친구였다.

며칠이 지나갔다. 그동안 나는 그 지역 일대를 기웃거리며 돌아다녔지만, 허무하게도 그 수탉을 찾지 못했다. 그렇지만 나는 언덕에서 녀석의 울음소리를 들었다. 가끔 내 집에서도 들렸고, 또 고요한 한밤중에 들리기도 했다. 이따금 나는 그 놈의 의기양양하고 도전적인 울음소리를 듣는 순간 깊은 우울감에 다시 빠져들었지만, 내 영혼은 수탉이 되어 날갯짓을 하며 목을 뒤로 젖히고, 비통에 잠긴 세상 사람들에게 유쾌한 도전의 울음소리를 내뱉고 있었다.

마침내, 몇 주가 흐른 뒤 나는 어떤 빚을 갚기 위해, 그중에서도 최근에 나를 상대로 민사소송에 착수한 그 빚쟁이에게 빚을 갚기 위해 내 땅을 다시 저당 잡혀야 했다. 소환장이 발송된 방식은 나에겐 무척 모욕적이었다. 나는 마을 어느 술집의 개인 실에서 필라델피아 포터* 한 병과 허키머 치즈와 롤

---

* Philadelphia Porter: 흑맥주. 원래 런던의 하역부들이 즐겨 마셨다.

빵을 즐기고 난 뒤 내 친구인 술집 주인에게 다음에 돈이 들어오면 그때 식사비를 갚겠다고 알려 주었다. 그러곤 내가 홀에 놓아 둔 고급 시가를 가져오기 위해 모자를 걸어 놓은 모자걸이 쪽으로 걸어갔다. 그런데 보라! 나는 소환장이 시가에 둘둘 말려져 있는 것을 보았다. 내가 시가에 말아 놓은 소환장을 풀어 펼쳤을 때, 대기하고 있던 경관이 굵직한 목소리로 소리쳤다. "주의해서 읽어 보세요!" 그리고 속삭이듯 덧붙였다. "지금 읽은 내용을 잘 생각해 보십시오!"

나는 즉시 술집에 있는 신사들 쪽으로 몸을 돌려 말했다. "신사 여러분, 이것이 민사소송 소환장을 보내는 품위 있는, 아니, 정당한 방법입니까!"

그들은 신사가 치즈와 포터로 점심 식사를 하고 있는 시간을 이용해 경관이 찾아오는 것은 품위 있는 방법이 아니며, 또 소환장을 모자 속에 슬쩍 집어넣은 것도 상당히 무례한 짓이라고 한목소리로 말했다. 그것은 옹졸한 짓이었다. 비열한 짓이었다. 점심을 먹던 중 그런 충격적인 일이 갑작스레 닥치면 치즈가 제대로 소화될 리 만무할 것이다. 속담에 따르면 치즈는 블랑망제*만큼이나 소화하기가 쉽지 않다.

---

* Blanc-mange: 프랑스어로 '하얀 음식'이란 뜻. 우유에 생크림, 설탕, 과일향 등을 섞어 젤리처럼 만들어 차게 먹는 디저트의 일종.

집에 도착한 후 나는 소환장을 읽어 보고 우울한 생각이 들어 가슴이 미어졌다. 가혹한 세상이여! 야박한 세상이여! 나는 누구 못지않을 만큼 선량한, 공손하고 다정하고 잘못에 너그러운 사람이다. 운명이 내가 이 고장 사람들에게 너그럽게 베풀 수 있을 만한 재산을 가지는 것을 허용해 주지 않는구나. 아니, 인색하고 심술궂은 많은 구두쇠들은 놀고먹으면서도 많은 돈이 들어오는데, 고상한 마음을 가진 나 같은 사람은 소환장이나 받다니! 나는 고개를 떨어뜨렸다. 버림받고 부당하게 이용당하고 매도당하고 인정받지 못하고, 한 마디로 비참한 기분이 들었다.

들어 보시오! 클라리온* 같은 소리를! 종들의 울림과 함께 울리는 천둥소리 같은 찬란하고 도전적인 저 수탉의 울음을! 맙소사, 저 소리가 나를 다시 일으켜 세우는구나! 내 두 다리로 똑바로 서도록 하는구나! 그래, 죽마를 탄 것처럼 참으로 늠름하다!

"오, 고귀한 수탉이여!"

상하이는 수탉답게 솔직하게 말하는 것 같았다. "온 세상과 세상 사람들이 모두 망하도록 내버려 둬요. 당신은 즐겁게 지내시고 죽겠다는 말은 하지 마세요! 당신과 비교해 볼 때 세

---

* Clarion: 명쾌한 음색을 지닌 옛 나팔.

상은 뭐예요? 뭐겠어요? 그저 한 덩어리의 흙에 불과하지 않겠어요? 당신은 행복하게 지내세요!"

오, 고결한 수탉이여!

"하지만 나의 친애하는 영예로운 수탉이여." 나는 다시 곰곰이 생각해 보았다. "이 세상을 망하도록 하기는 쉬운 게 아냐. 소환장이 모자 속에 들어 있거나, 손에 쥐고 있는데 즐겁게 지내기가 그리 쉽지 않구나." 들어 보시오! 다시 울음소리가 들린다. 녀석은 수탉답게 솔직하게 말하는 것 같았다. "소환장은 찢어 버리고 그런 걸 보낸 자는 목매달아요! 만일 당신이 땅도 현금도 없다면 가서 그자를 때려눕히고 갚을 의도가 전혀 없다고 말하세요. 즐겁게 지내세요!"

이제 내가 땅을 추가로 저당 잡힌 것은 이것, 수탉의 명령조의 암시 때문이었다. 나는 추가로 저당 잡혀 받은 돈으로 빚을 모두 갚았다. 그래서 다시 마음이 후련해지자, 나는 그 고결한 수탉을 찾는 것을 재개했다. 그러나 매일 그놈의 울음소리를 듣지만 헛수고만 했다. 나는 이 불가사의한 일 속에 뭔가 속임수가 숨어 있을 거라고 생각하기 시작했다. 어떤 놀라운 복화술사가 내 집 헛간이나 지하 창고나 지붕 같은 곳에 몰래 들어와 짓궂게 장난칠 의도로 그런 짓을 하지 않았을까 생각했다. 그러나 아니었다. 어떤 복화술사가 그렇게 의기양양한 천상의 울음소리 같은 소리를 낼 수 있단 말인가?

마침내 어느 날 아침, 기이한 한 남자가 나를 찾아왔다. 그는 3월에 내 집에 있는 나무를 베고 장작을 (35코즈*나 되었다.) 패 준 사람인데, 이제 보수를 받으러 왔다. 말하자면 그는 이상하게 생긴 사람이었다. 키가 크고 말랐고, 긴 얼굴은 슬퍼 보였지만 눈빛에는 즐거워하는 기색이 숨어 있어 참으로 묘한 대조를 이루고 있었다. 얼굴 분위기는 고루한 데가 있었지만 우울해 보이진 않았다. 그는 잿빛의 길고 허름한 코트를 걸치고, 닳은 큰 모자를 쓰고 있었다. 이 남자는 내 집의 나무를 톱질해 많은 장작을 패 준 사람이었다. 그는 휘몰아치는 눈보라를 맞으며 하루 종일 서서 톱질을 했다. 눈보라 따위는 안중에도 없었다. 그는 내가 말을 걸지 않으면 말을 좀체 하지 않았다. 그는 오로지 톱질만 했다. 쓱싹, 쓱싹, 쓱싹. 눈은 내리고, 내리고, 또 내렸다. 그의 톱질과 눈보라는 두 개의 자연물처럼 조화를 이루었다. 내 집에 일하러 온 첫날에 그는 먹을 것을 싸 가지고 와 톱질 모탕**에 걸터앉아 눈보라를 맞으며 식사를 했다. 나는 버턴의 『우울의 해부』를 읽고 있다가

---

* 미국과 캐나다에서 장작의 부피를 측정할 때 '코드cord'라는 단위를 사용한다. 1cord 는 3.6세제곱미터에 해당된다. 35cords는 124.5세제곱미터로 엄청난 양인데 좀 과장된 묘사인 것 같다.
** Buck: 나무를 톱질하거나 장작을 팰 때 나무를 받치거나 올려 놓기 위한 기본 틀.

창문 밖을 쳐다보니 그가 식사를 하고 있었다. 나는 모자도 쓰지 않고 현관문을 열고 뛰어나갔다. "저런!" 내가 소리쳤다. "뭐 하고 있는 거요? 안으로 들어와요. 당신이 먹을 음식이 여기 있어요!"

그는 젖은 신문지에 싼 상한 빵 한 덩어리와 소금에 절인 소고기 큰 조각 하나를 들고 깨끗한 눈 한 움큼을 입속에 넣어 딱딱한 음식을 적셔 먹고 있었다. 나는 이 무모한 사내를 집 안으로 데리고 와 난로 옆에 앉히고 뜨거운 포크앤빈스*한 접시와 큰 컵으로 사과주 한 잔을 주었다.

"이제부터는," 내가 말했다. "젖은 음식은 싸 오지 마시오. 분명히 당신은 계약에 따라 일하고 있지만, 당신의 식사는 내가 대접해 줄 테니까요."

그는 차분하고 당당하지만 불쾌하지 않은 방식으로 고맙다는 인사를 하고는 음식을 만족스럽게 후다닥 먹었고 나 또한 식사를 했다. 그가 사과주를 사내답게 단숨에 들이켜는 모습을 보고 나는 기뻤다. 나는 그를 존경했다. 그에게 톱질 모탕을 받쳐 놓고 일하는 방식에 대해 이야기할 때 나는 신중하고도 존경스럽고 공손한 태도를 취했다. 그의 특이한 면에

---

* 돼지고기와 콩을 주재료로 해서 만든 요리.

관심이 갔고, 또 톱질에 (대부분의 사람들에게는 아주 단조롭고 넌더리 나는 일이다.) 전심전력하는 그의 경이로운 모습에 깊은 인상을 받아, 나는 그가 누구이며 어떤 삶을 살아왔는지, 어디에서 태어났는지 등을 들어 보려 했다. 하지만 그는 말이 없었다. 그는 내 집에 와 나무들을 톱질하고, 내가 제공한 식사를 (내가 식사를 제공해 주기로 정했을 경우에만) 했지만 입을 열지 않았다. 그에게 물어보아도 시무룩한 침묵만 보여서 나는 처음엔 약간 화가 났었다. 그러나 곰곰이 다시 생각한 후 나는 그를 더 존경하게 되었다. 나는 그에게 말을 걸 때 더 큰 존경심과 공손한 태도를 취했다. 나는 이 사람이 힘겨운 시절을 겪었고, 많은 고통을 당했고, 근엄한 기질의 사람이며, 솔로몬의 지혜를 가졌고, 조용하고 예의 바르며 절제 있는 삶을 사는 사람이라는 나름의 결론을 내렸다. 그리고 매우 가난하지만 그럼에도 상당히 존경받는 사람일 거라고 생각했다. 가끔 나는 그가 작은 시골 교회의 장로나 집사일지도 모른다는 생각이 들었다. 이 훌륭한 사람을 미국 대통령으로 출마시키는 것도 그다지 잘못된 일은 아닐 거라고 생각했다. 그는 적폐를 개혁하는 위대한 인물임을 증명해 보일 것이다.

그의 이름은 메리머스크였다. 나는 그다지 쾌활하지 않은 사람이 어떻게 그런 쾌활한 이름을 가졌는지 종종 생각해 보았다. 나는 사람들에게 메리머스크를 아느냐고 물어보았다. 그러나 시간이 어느 정도 지나서야 나는 그에 대해 많은 사실을 알게 되었다. 그는 메릴랜드주에서 태어난 것 같았으며, 오랫동안 그 주 인근에서 떠돌이 생활을 했었다. 10년 전까지만 해도 범죄와는 아주 거리가 멀었지만 돈을 헤프게 쓰면서 돌아다녔다. 한 달 동안 술도 마시지 않고 놀랄 정도로 열심히 일을 하고선 단 하룻밤의 방종한 생활로 모은 돈을 다 날리곤 했다. 젊은 시절 그는 선원 생활을 했으며 바타비아에서 배에서 도망쳤는데, 거기에서 열병에 걸려 거의 죽을 뻔했었다. 그러나 그는 살아나 다시 배를 타고 고향으로 돌아왔고, 친구들이 다 죽은 것을 알고는 북부 내륙지방으로 들어가 이후 그곳에 눌러앉아 지냈다. 그는 9년 전 결혼을 했으며 이제 네 명의 자녀를 두고 있었다. 그의 아내는 중병에 걸려 있었고, 자식 중 하나는 몸이 하얗게 부어올랐고, 나머지 아이들도 허약했다. 그와 그의 가족은 산기슭 가까이 지나가는 철로 근방의 외롭고 황량한 밭에 덩그러니 서 있는 오두막집에 살고 있었다. 그는 아이들에게 건강에 좋은 우유를 맘껏 먹이려고 괜찮은 암소 한 마리를 샀지만 그 암소는 새끼를 낳다가 그만 죽어 버렸다. 그는 다시 암소를 살 돈이 없었다. 그런데도 그의 가족은 먹을 것이 부족해 고생하지는 않았다. 그는 열심히 일해 가족을 먹여 살렸다.

이제, 앞서 말했듯이, 전에 한동안 내 집 나무를 톱질해 장작을 패 주었던 메리머스크가 삯을 받으러 왔다.

"이보시오." 내가 말했다. "이 근처에 예사롭지 않은 수탉을 기르고 있는 신사를 아십니까?"

나무를 켜는 사람의 눈이 순간적으로 번쩍 빛났다.

"글쎄요." 그가 대답했다. "예사롭지 않은 수탉이라고 부를 만한 것을 기르고 있는, 그런 신사분이 있는지 잘 모르겠습니다."

아, 나는 이 메리머스크도 나에게 좋은 정보를 줄 사람이 아니라고 생각했다. 나는 이 예사롭지 않은 수탉을 절대로 찾아내지 못할 거라는 두려운 생각이 들었다.

메리머스크에게 삯을 모두 지불할 돈이 없어, 나는 그에게 있는 돈 전부를 주고 하루 이틀 안에 그의 집을 방문해 나머지를 갚아 주겠노라고 말했다. 그래서 화창한 어느 날 아침, 나는 그에게 밀린 삯을 주기 위해 활기차게 집을 나왔다. 나는 그의 오두막집으로 가는 지름길을 찾느라 무척 애를 먹었다. 그의 집이 정확히 어디에 있는지 아는 사람은 거의 없는 듯했다. 그의 오두막집은 시골의 아주 외진 곳에 자리 잡고 있었다. 집 한쪽은 나무가 빼곡히 들어찬 숲에 (시월이 되면

울긋불긋한 단풍이 들어 나는 이 산을 시월의 산이라 부른다.) 접해 있었고, 반대편 쪽은 덤불이 우거져 있는 늪지에 접해 있었는데 철로가 그 늪지를 관통해 지나가고 있었다. 철로는 그 늪지를 일직선으로 뚫고 지나갔다. 온갖 아름다움, 높은 지위, 유행, 건강, 여행 가방, 금과 은, 의류와 식료품, 신랑과 신부, 행복한 아내와 남편들을 실은 기차가 외로운 오두막집 옆을 하루에도 수없이 날아갔다. (멈출 시간도 없이 휙! 이곳에 왔다가 휙 저리로 간다! 양쪽 끝이 보이지 않는다.) 그 광경을 지켜보고 있는 초라한 오두막집은 애타게 감질이 났다. 마치 이 세상의 그 부분이 머무르지 않고 오직 날아가도록 되어 있는 것처럼. 오두막집에서 바라보이는 이런 모습이야말로 사람들이 인생이라고 부르는 바로 그런 것이었다.

나는 다소 어리둥절했지만 그 오두막집이 서 있는 방향을 대충 알고 있어서 그쪽으로 터벅터벅 걸어갔다. 계속 나아가고 있는데, 그 신비스러운 수탉의 울음소리가 점점 더 뚜렷하게 들려와 깜짝 놀랐다. 나는 생각했다. 상하이를 소유한 신사가 이런 외지고 황량한 곳에 사는 것이 가능이나 하겠는가? 그러나 그 장엄하고 도전적인 클라리온 같은 소리가 점점 더 크게, 점점 더 가까이에서 들려왔다. 나는 중얼거렸다. 내가 나무 켜는 일꾼의 집을 다소 비껴가고 있을지라도, 예사롭지 않은 수탉이 있는 쪽으로 가고 있는 것 같으니 이만저만 기쁜 게 아니군. 나는 뜻밖의 이 운 좋은 일에 무척 기뻤다. 나는 계속 걸어갔다. 그동안 수탉은 간격을 두고, 나를 초대하는 것처럼 명랑하고 멋들어지게 울음소리를 냈다. 그리고 울 때마다 먼젓번 소리보다 훨씬 가까이에서 들렸다. 마침내 딱총나무숲을 빠져나오자 나는 바로 내 앞에서 인간이 볼 수 있는 것 중 가장 눈부시게 빛나는 창조물을 보았다.

수탉이라기보다는 황금 독수리에 가까운 수탉을. 수탉이 아닌 육군 원수를 닮은 수탉을. 수탉이 아닌 빛나는 칼을 빼들고 뱅가드호*의 후갑판에 서서 전투를 지휘하는 넬슨 제독을 닮은 수탉을. 엑스라샤펠**에서 예복을 차려입은 샤를마뉴 대제를 닮은 수탉을.

그런 수탉을!

그놈은 도도한 몸집을 하고선, 거만한 두 다리로 오만하게 서 있었다. 녀석은 붉은색과 황금색, 하얀색으로 이루어져 있었다. 붉은색을 띠고 있는 벼슬은 헥토르의 투구처럼 강대하고 균형이 잡혀 있었다. 고대 방패에 그려져 있는 문양 같기

---

* Vanguard: '조직의 선봉'이라는 뜻으로 트라팔가 해전 당시 넬슨이 타고 다녔던 군함.
** Aix la Chapelle: 아헨의 프랑스식 이름. 독일 노르트라인베스트팔렌주에 있는 도시. 샤를마뉴 대제 시절에 프랑크 왕국의 수도로 번성하였다.

허먼 멜빌

도 했다. 눈처럼 하얀 깃털에는 황금빛 무늬들이 섞여 있었다. 녀석은 왕국의 귀족처럼 오두막집 앞을 걸어 다니고 있었다. 벼슬은 우뚝 솟아 있었고, 가슴은 불룩 부풀어 올라 있었는 데 그곳에 수놓인 장식들은 햇빛을 받아 번쩍이고 있었다. 걸음걸이는 경이로웠다. 어느 장엄한 이탈리아 오페라에 나오는 동방의 왕처럼 보였다.

메리머스크가 문에서 나왔다.

"저, 저분이 세뇨르 베네벤타노 아닙니까?"

"예?"

"저것이 바로 그 수탉이에요." 나는 약간 당황하여 말했다. 사실은 너무 감격한 나머지 어리석은 실수를 하고 말았다. 배우지 못한 사람을 앞에 두고 유식한 체 비유적인 표현을 하고만 것이었다. 그의 정직한 눈빛을 보고 내가 어리석은 짓을 했다는 것을 알았다. 그러나 나는 이것이 바로 그 수탉이라는 말을 해서 아까 한 말을 태연하게 덮어 버렸다.

지난가을에 나는 어느 도시에 들러 이탈리아 오페라 공연을 볼 기회가 있었다. 그 오페라에는 세뇨르 베네벤타노라는 (키가 크고 위용 있는 그 남자는 수탉의 깃털처럼 화려한 의상을 입고 놀라울 정도로 장엄하고 남을 깔보는 듯한 태도로 걸었다.) 위풍당당한 인물이 등장했다. 세뇨르 베네벤타노는 지나치게 오만한 태도 때문에 명예가 크게 추락할 위기에 놓여 있는 듯했었다. 그리고 그 수탉의 의기양양한 걸음걸이는 바로 세뇨르 베네벤타노가 무대 위에서 걷는 모습과 똑같아 보였던 것이다.

들어 보시오! 갑자기 수탉이 걸음을 멈추고 머리를 하늘 높이 치켜들고는 깃털을 곤두세우더니 무슨 영감이라도 받은 것처럼 한바탕 울음소리를 우렁차게 질러댔다. 그 소리는 시월의 산에 부딪혀 메아리쳤다. 다른 산들이 그 소리를 다시 보냈고, 또다시 그 소리는 다른 산들에 부딪혀 그 지역 전체에 울려 퍼졌다. 그제야 나는 내가 저 멀리 언덕에 서서 이 기쁜 소리를 어떻게 들을 수 있게 되었는지 정확히 이해했다.

"어떻게 이런 일이! 당신이 이 수탉의 주인인가요? 이 수탉이 당신 겁니까?"

"제 수탉입니다." 메리머스크는 길고 근엄한 얼굴 한구석에 은근히 기분 좋은 표정을 띠며 말했다.

"어디서 이런 놈을 구했습니까?"

"우리 집에서 알을 까고 나왔습니다. 제가 길렀죠."

"당신이?"

들어 보시오! 그놈은 또다시 울음소리를 내질렀다. 그 울음소리는 이 지역에서 베어진 모든 소나무와 솔송나무들의 영혼을 일깨울 만했다. 경이로운 수탉이여! 한바탕 울고 난 뒤 녀석은 찬양하는 암탉 무리들에 둘러싸인 채 다시 성큼성큼 걸어갔다.

"세뇨르 베네벤타노에 대해 얼마를 받으시겠소?"

"예?"

"저 마법의 수탉… 저놈의 값이 얼마나 됩니까?"

"팔지 않을 겁니다."

"50달러 드리겠소."

"체!"

"1백 달러."

"흥!"

"5백 달러!"

"나 원 참!"

"당신은 가난하잖소."

"아닙니다. 제가 저 수탉의 주인이고, 5백 달러를 준다 해도 거절하지 않았습니까?"

"맞아요." 나는 깊은 생각에 잠겨 말했다. "사실이요. 그러면 저놈을 팔지 않을 작정인가요?"

"예."

"거저 줄 수는 있고요?"

"아닙니다."

"그럼 잘 키우기나 하세요!" 내가 화를 내며 소리를 질렀다.

"그러죠."

나는 그 수탉에 감탄하고 그 남자에게 경의를 표하며 잠시 서 있었다. 결국 나는 그 수탉에 대해 두 배의 감탄을 느꼈고, 그 주인에 대한 찬사도 두 배에 달했다.

"저희 집에 좀 들어가지 않으시겠습니까?" 메리머스크가 말했다.

"하지만 저 수탉도 함께 들어가면 안 되겠소?" 내가 말했다.

"그러죠. 트럼펫! 이리 와, 옳지! 이리로!"

수탉이 몸을 돌려 메리머스크에게로 성큼성큼 다가왔다.

"가자!"

"수탉이 우리를 따라 오두막집 안으로 들어왔다.

"울어!"

지붕이 들썩거렸다.

오, 고결한 수탉이여!

나는 조용히 집주인에게로 몸을 돌렸다. 그는 무릎과 팔꿈치 부분에 헝겊 조각을 덧대어 기워 놓은 낡고 닳은 잿빛 상의를 입고, 보기에도 흉한 찌그러진 모자를 쓴 채 낡은 나무

상자 위에 걸터앉았다. 나는 방을 힐끗 둘러보았다. 머리 위에 서까래가 휑하니 드러나 있었고, 그 아래에 소금에 절인 딱딱한 소고기 덩어리가 매달려 있었다. 흙바닥 한구석에는 감자 한 무더기가 쌓여 있었고, 다른 한구석에는 옥수수 가루 한 자루가 놓여 있었다. 안쪽 끝에 방을 가로질러 담요 한 장이 걸쳐져 있었는데, 그 안에서 여자와 아이들의 앓는 소리가 들려왔다. 그러나 그 병약한 목소리에는 불평이라곤 없는 듯 보였다.

"부인과 자녀들?"

"예."

나는 수탉을 바라보았다. 그놈은 방 한가운데에 위엄 있게 서 있었다. 그는 소나기를 만나 어느 농부의 헛간 밑에서 비를 피하고 있는 스페인의 지체 높은 귀족 같아 보였다. 녀석에게서는 주위와 아주 대조적인, 이상하리만치 초자연적인 면모가 뿜어져 나오고 있었다. 녀석은 오두막집 안을 환하게 했다. 오두막집의 초라함을 찬양하고 있었다. 낡은 궤짝을, 다떨어진 잿빛 상의를, 다 찌그러진 모자를 찬양하고 있었다. 담요 뒤에서 흘러나오는 병약한 목소리를 찬양하고 있었다.

"오, 아빠." 가냘프고 병약한 목소리가 외쳤다. "트럼펫이 다시 울게 해 주세요."

"울어." 메리머스크가 외쳤다.

수탉은 자세를 취했다. 지붕이 흔들렸다.

"이 소리가 메리머스크 부인과 아픈 아이들에게 해가 되지 않습니까?"

"다시 울어, 트럼펫."

지붕이 흔들렸다.

"그렇다면 저들을 괴롭히지 않는다는 말인가요?"

"수탉을 울게 해 달라는 아이들의 소리를 듣지 못하셨나요?"

"아픈 식구들이 어떻게 이 울음소리를 좋아할 수 있어요?" 내가 말했다. "이 닭은 장엄한 목소리를 가진 영광스러운 수탉이긴 하지만 아픈 사람들이 있는 방에서는 어울리지 않을 것 같습니다. 식구들이 정말로 이 소리를 좋아하나요?"

"선생님은 이 소리를 좋아하지 않으세요? 선생님은 이 소리를 들으면 즐겁지 않습니까? 생기를 주지 않습니까? 용기를 불러일으키지 않나요? 절망을 극복할 힘을 주지 않습니까?"

"모두 맞는 말이오." 나는 그 초라한 상의에 숨겨져 있는 용감한 정신 앞에 깊은 겸손의 표시로 모자를 벗으며 말했다.

"그렇지만," 나는 여전히 불안한 마음이 들어 말했다. "이렇게 크고, 이렇게 놀랄 정도로 떠들썩하게 우는 소리는 환자들에게 안 좋을 수도 있다는 생각이 드는군요. 건강을 회복하는 데 문제가 될 것 같기도 하고요."

"자 이제, 네 목청껏 울어 봐, 트럼펫!"

나는 의자에서 벌떡 일어섰다. 그 수탉은 『묵시록』에 나오는 강력한 천사처럼 나를 겁먹게 만들었다. 녀석의 울음소리는 사악한 바빌론의 멸망에 대해 뽐내거나 아스글론 골짜기*에서 정의로운 여호수아의 승리를 축하하는 것처럼 보였다. 내가 어느 정도 침착해졌을 때, 나는 탐구심이 발동했다. 그래서 그 탐구심을 만족시켜 주기로 했다.

"메리머스크 씨, 당신의 아내와 아이들을 소개시켜 주시겠습니까?"

"그러지요. 여보, 이 신사분이 안으로 들어가고 싶어 하는데."

"그렇게 하세요." 힘없는 목소리가 대답했다.

담요가 처진 뒤쪽으로 가 보니 쇠약한 부인이 침대에 누워 있었는데, 그녀의 얼굴은 이상할 정도로 쾌활해 보이고 무척 아름다웠다. 침대보와 낡은 외투로 가려진 그녀의 몸은 너무 쪼그라들어서 그 속에 누가 들어 있는지 분간이 되지 않을

---

* Askelon: 지중해 연안에 위치한 블레셋 5대 성읍 중 한 곳. 1270년경 애굽의 바이바르스에게 멸망되었다.

정도였다. 창백한 소녀 하나가 침대 옆에서 그녀를 보살피고 있었다. 또 다른 침대에는 세 명의 아이들이 나란히 누워 있었는데, 얼굴은 더 창백해 보였다.

"아, 아빠, 저 신사분을 싫어하는 건 아니지만, 트럼펫도 함께 보여 주세요."

그 아이가 말을 마치자마자 수탉이 커튼 안으로 성큼성큼 걸어와 아이들의 침대 위로 뛰어올라 자리를 잡았다. 병약한 아이들은 숭고할 정도로 즐겁고 기쁜 눈빛으로 수탉을 바라보았다. 아이들은 수탉의 빛나는 깃털로 햇볕을 쬐는 것 같았다.

"약제사보다 더 낫습니다, 그렇죠." 메리머스크가 말했다. "저 닭은 닥터 콕*입니다."

우리는 아픈 사람들 곁에서 물러났고, 나는 다시 앉아 이 이상한 가정에 대해 생각에 잠겼다.

"당신은 놀라울 정도로 자주적인 사람 같습니다." 내가 말했다.

"저도 선생님을 바보라 생각하지 않습니다. 한 번도 그런 생각을 해 보지 않았습니다. 선생님, 선생님은 훌륭한 분이십

---

* Dr. Cock: 수탉.

니다."

"부인이 회복할 가망이 있습니까?" 나는 대화를 바꿔 볼 심산으로 말했다.

"전혀 없습니다."

"아이들은요?"

"거의 없습니다."

"그럼, 당신과 관련된 모든 삶이 참으로 슬프군요. 이 외로운 고독이, 이 오두막집이, 고된 노동이, 어려운 나날들이."

"제게는 트럼펫이 있지 않습니까? 그 녀석은 우리의 응원자죠. 하루 종일 울죠. 깜깜한 밤에도 웁니다. 지극히 높은 곳에서는 하나님께 영광을! 그 녀석은 끊임없이 이렇게 노래한답니다."

"메리머스크 씨, 내가 언덕에서 처음 수탉의 울음소리를 들었을 때 어느 부자가 수탉을 외국에서 들여온 거라 여겼습니다. 어떤 갑부가 이렇게 비싼 상하이를 소유하고 있을 거라 생각했었죠. 당신 같은 가난한 사람이 이렇게 멋진 국내산 수탉을 가지고 있으리라고는 생각지도 못했습니다."

"저 같은 가난한 사람요? 왜 제가 가난하다고 말합니까? 제가 기르고 있는 저 수탉이 이 수치스럽고, 황량하고 형편없는 땅을 찬양하고 있지 않습니까? 제 수탉이 선생님에게 활기를 북돋워 주지 않았습니까? 그리고 저는 선생님에게 이 모든 찬미를 공짜로 드리고 있습니다. 저는 위대한 자선사업가죠. 저는 부자입니다. 엄청난 부자지요. 그리고 더없이 행복한 사람이고요. 울어, 트럼펫."

지붕이 흔들렸다.

나는 깊은 상념에 잠겨 집으로 돌아왔다. 나는 메리머스크에 대한 존경으로 가득 차 있었지만 그의 관점이 온당한지에 대해서는 전적으로 동의한 것은 아니었다. 내 집 대문 앞에서 그 문제에 대해 골똘히 생각하고 있었는데, 그때 수탉의 울음소리를 다시 들었다. 그것으로 충분했다. 메리머스크가 옳았다.

오, 고결한 수탉이여! 오, 고결한 사람이여!

그 일이 있고 난 뒤 몇 주 동안 나는 메리머스크를 보지 못했다. 그러나 그 장엄하고 흥겨운 노랫소리를 듣고 나는 그가 여느 때처럼 잘 지내고 있을 거라고 생각했다. 내 마음은 여전히 기분 좋은 상태였다. 그 수탉은 여전히 나에게 활기를 불어넣어 주었다. 나는 농장을 담보로 또다시 돈을 빌렸지만, 십여 병의 스타우트 맥주와 수십 병의 필라델피아 포터만 샀다. 내 친척 몇 명이 죽었다. 나는 상복도 입지 않고 3일 동안 포터보다는 스타우트만 마셨다. 나는 좋지 않은 소식을 받을 때마다 그 수탉의 울음소리를 들었다.

"이 스타우트로 너의 건강을 위해. 오, 고결한 수탉이여!"

나는 얼마 동안 메리머스크를 보지 못했고 소식도 듣지 못한 터라 그를 다시 찾아가야겠다고 생각했다. 그곳에 당도했을 때, 오두막집에는 아무런 기척이 없었다. 이상하게도 불길한 생각이 들기 시작했다. 그러나 수탉의 울음소리가 들려왔고 내 불안도 사라졌다. 나는 문을 두드렸다. 힘없는 목소리가 나를 안으로 들어오라고 했다. 담요 커튼은 더 이상 쳐져 있지 않았다. 이제 집 전체가 병원이었다. 메리머스크는 낡은 옷더미 위에 누워 있었고, 아내와 아이들은 모두 자기 침대에 누워 있었다. 수탉은 오두막집 중앙의 들보에 매달려 있는 낡은 큰 통의 쇠 테 위에 앉아 있었다.

"당신도 아프시군요. 메리머스크." 내가 슬픔에 잠겨 말했다.

"아닙니다. 전 괜찮아요." 그가 힘없이 대답했다. "울어, 트럼펫."

나는 움찔했다. 그의 병약한 몸 안에 있는 강한 영혼이 나를 오싹하게 했다.

그러나 수탉이 울었다.

지붕이 흔들렸다.

"메리머스크 부인은 어떠세요?"

"괜찮습니다."

"아이들은요?"

"괜찮습니다. 모두 괜찮아요."

그는 병을 이겨 낸 일종의 승리의 황홀경에 빠져 그 마지막 두 말을 뱉어 냈다. 그러나 그건 그에게 너무 힘들었다. 그의 머리가 뒤로 젖혀졌다. 하얀 냅킨이 그의 얼굴에 떨어진 것 같았다. 메리머스크는 죽었다.

나는 끔찍한 두려움에 사로잡혔다.

그러나 수탉은 울었다.

수탉은 자신이 깃발이라도 되는 것처럼 모든 깃털을 흔들었다. 수탉은 세인트폴 대성당의 둥근 지붕에 매달려 있는 전리품 깃발처럼 오두막집 지붕에 매달려 있었다. 수탉은 이상한 경이로움으로 나를 두렵게 했다.

나는 여자와 아이들의 침대 곁으로 다가갔다. 그들은 내 표정에 어떤 두려움이 묻어 있는 것을 느꼈다. 그들은 무슨 일이 일어났는지 알았다.

"우리 집 그이가 죽었군요." 여자가 희미한 목소리로 말했다. "솔직하게 말해 주시겠어요?"

"돌아가셨습니다." 내가 말했다.

수탉이 울었다.

그녀는 한숨 한번 쉬지 않고 몸이 축 늘어졌다. 그리고 기나긴 사랑의 교향곡이 끝났다.

수탉이 울었다.

수탉이 황금빛 깃털을 흔들자 섬광이 번쩍했다. 수탉은 자애로운 환희의 황홀감에 빠진 것처럼 보였다. 그 녀석은 쇠 테에서 훌쩍 뛰어내려 그 톱장이가 누워 있는 낡은 옷 무더기 쪽으로 위풍당당하게 걸어갔다. 그리고 문장紋章에 그려진 동물처럼 그 옆에 자리를 잡았다. 그런 뒤 그 톱장이의 영혼을 제7천국*으로 실어 나르기 위해 한 줄기의 강한 바람을 만들려는 듯 목을 뒤로 한껏 젖히고 선율적인 의기양양한 울음을 마지막으로 길게 토해 냈다. 그러고는 여자의 침대로 제왕처럼 당당하게 걸어갔다. 거기서도 그 녀석은 고개를 뒤로 젖히고 앞선 울음과 짝을 이루는 울음을 우렁차게 내질렀다.

아이들의 창백했던 얼굴에 밝은 빛이 감돌았다. 때와 먼지가 낀 그들의 얼굴이 거룩하게 빛났다. 그들은 변장한 황제의 자식 같아 보였다. 수탉은 그 애들의 침대에 뛰어올라 몸을 흔들며 울고 또 울고 계속 울음소리를 질렀다. 그 녀석은 그들의 쇠약한 육체로부터 영혼을 빼내기 위해 온 힘을 다하는 것

* 유대인이나 이슬람교도들이 하나님과 천사가 있다고 생각하는 더없이 행복한 하늘.

같았다. 모든 가족을 높은 하늘 위로 올려 보내기 위해 온 정성을 쏟고 있는 듯했다. 아이들은 그 녀석의 노력에 화답하는 것 같았다. 해방시키고자 하는 그 녀석의 진정 어린 깊고 강렬한 열망에 의해 그들 육신이 영혼으로 탈바꿈 되는 것이 내 눈에 보였다. 나는 그들이 누워 있는 자리에서 천사를 보았다.

아이들은 죽었다.

수탉은 그들 위에서 깃털을 흔들었다. 녀석은 울었다. 그 소리는 브라보! 만세! 만세 삼창! 만세! 만세! 라고 외치는 것 같았다. 녀석은 오두막집을 걸어 나왔다. 나는 뒤따라가 보았다. 녀석은 그 집에서 가장 높은 곳으로 날아올라 가서 양 날개를 활짝 펴고 초자연적인 음조로 천둥 같은 울음소리를 한 번 내지르고는 내 발밑에 휙 떨어졌다.

수탉은 죽었다.

여러분이 그곳 언덕 부근을 방문한다면, 늪지 맞은편, 시월의 산 바로 아래 철로 근처에서 비석 하나를 보게 될 것이다. 해골 밑에 대퇴골을 엇갈리게 배치한 그런 표시는 아니고, 우렁차게 울고 있는 수탉 그림 하나와 그 밑에 다음과 같은 글귀가 새겨져 있을 것이다.

허먼 멜빌

"오, 죽음이여, 그대의 침은 어디에 있는가?

오, 무덤이여, 그대의 승리는 어디에 있는가?"*

톱장이와 그의 가족은 세뇨르 베네벤타노와 함께 그곳에 잠들어 있다. 나는 그곳에 그들을 파묻고 주문해서 만든 비석 하나를 세워 두었다. 그리고 그 후로 나는 서글픈 우울감에 빠진 적이 한 번도 없으며, 어떤 상황에서도 늘 울어 젖히는 그 소리에 아침부터 밤늦게까지 유쾌하게 지낸다.

꼬 끼 오! 오! 오! 오! 오!

---

* 고린도전서 15장 55~56절에 다음과 같은 구절이 있다. "사망아 너의 승리가 어디 있느냐 사망아 네가 쏘는 것이 어디 있느냐. 사망이 쏘는 것은 죄요 죄의 권능은 율법이라."

총각들의 천국과
처녀들의 지옥

The Paradise of Bachelors
and the Tartarus of Maids

I

총각들의 천국

그곳은 템플바*에서 멀지 않은 곳에 위치해 있다. 보통 다니던 길을 이용해 그곳으로 가는 것은 뜨거운 평원에서 나지막한 산들로 둘러싸인 서늘하고 깊은 골짜기로 숨어들어 가는 느낌을 준다.

결혼한 남자 상인들이 빵값 상승과 굶주려 쓰러진 아기들에 대한 생각에 잠겨 이맛살을 잔뜩 찌푸리며 서둘러 지나다니는, 플리트가**의 소음에 넌더리 나고 진창길에 더러워진 여러분은 신비스러운 모퉁이를 (거리가 아니다.) 기민하게 돌아, 어둡고 활기 없고 근엄해 보이는 건물들이 옆으로 늘어서 있는 어둑하고 고요한 길을 따라 내려가 본다. 그 길을 계속 건

---

* Temple-Bar: 웨스트엔드(West End)에서 시티 오브 런던(런던 중심부)으로 들어가는 아치형 관문. 영국의 건축가이자 과학자인 크리스토퍼 렌(Christopher Wren, 1632~1723)이 설계했다.
** Fleet Street: 런던 중심지에 있는 거리. 과거 영국의 주요 신문사와 잡지사·출판사 등이 모여 있었다.

다 보면 근심 걱정으로 찌든 세상에서 벗어난 '총각들의 천국'
이라는 고요한 회랑 아래에 서게 된다.

사하라 사막에서 오아시스를 만나면 달콤하다. 햇볕이 작
렬하는 8월의 초원에서 작은 섬과 같은 숲은 매혹적이고, 수
많은 불신이 판치는 가운데 순수한 믿음은 유쾌하다. 하지만
시끌시끌한 런던의 냉혹한 심장부에서 찾은 꿈결 같은 총각
들의 천국은 더 달콤하고, 더 매혹적이고, 더 유쾌한 곳이다.

조용히 명상하며 회랑을 걸어 보라. 정원의 물가에서 한가
하게 시간을 즐겨 보라. 오래된 도서관에 들러 한참을 머물러
보라. 조각상들이 있는 예배당에서 예배를 드려 보라. 그러나
한데 모여 있는 독신자들 사이에서 식사를 하고 그들의 유쾌
한 눈빛과 번쩍거리는 안경을 보기 전까지는 봤다고 할 만한
것이 거의 없고, 알고 있다고 할 만한 것이 없으며, 그 달콤한
핵심을 맛보았다고 말할 수 없을 것이다. 학기 중에 북적거리
는 일반인들 틈에서 식사하지 않도록 하라. 개인적으로 슬쩍
부탁해 개인 테이블에서 혼자 조용히 식사해 보라. 어떤 훌륭
한 템플러*들은 손님을 정중히 초대하기도 했다.

---

* Templar: 중세 때 예루살렘 템플기사수도회에 속한 기사(템플 기사), 혹은 영국의 법학
원에 다니는 학생이나 법률가나 변호사를 뜻한다. 여기서는 법학원 학생이나 변호사를
가리킨다. 이 작품에서 화자가 방문하고 묘사하고 있는 곳은 플리트가를 중심으로 남
쪽으로 템스강을 접하고 있는 이너템플(The Inner Temple)이다.

템플러? 낭만적인 이름이다. 어디 보자. 브리앙 드 부아 길베르*가 템플러였지. 저 유명한 템플러들이 현대 런던에 아직도 살아남아 있다고 여러분이 넌지시 말하는 것을 받아들여야 하나? 쇠사슬 갑옷을 입은 수도사 기사들이 기도를 드리기 위해 봉헌된 성체 앞에 무릎을 꿇을 때, 전투용 부츠 뒤꿈치에 달린 고리와 손에 들고 있는 방패에서 나는 덜거덕거리는 소리가 들리는가? 번쩍거리는 몸통 갑옷과 달리는 승합마차가 튀긴 흙탕물 얼룩이 묻어 있는, 눈처럼 하얀 겉옷을 입은 어느 수도사 기사가 스트랜드가를 따라 조심조심 걸어가는 모습은 참으로 기이한 광경일 것이다. 기사단의 규율에 따라 턱수염을 길게 기르고, 얼굴에는 표범처럼 솜털이 덮여 있는 그런 으스스한 유령 같은 모습이, 머리를 짧게 깎고 말끔하게 면도를 한 시민들 눈에는 어떻게 비춰질까? 실제로 우리는 도덕의 쇠퇴가 이 성스러운 단체를 오염시켰다는 사실을 (슬픈 역사가 이를 말해 주고 있다.) 알고 있다. 검으로 무장한 적이 성채 안에 있는 그들을 격퇴하지 않았음에도 사치라는 벌레가 그들의 경계망 밑으로 기어들어 오고 있었다. 기사다

---

* Brian de Bois Gilbert: 영국의 역사소설가인 월터 스콧(Walter Scott)의 『아이반호(Ivanhoe)』에 나오는 템플 기사.

운 성실성이 안으로부터 갉아 먹혔고, 수도 서원誓願*이 조금씩 허물어져 결국 수도사의 금욕 정신은 와해되어 술판이 벌어졌고, 기사도 맹세를 한 기사 총각들은 위선자와 난봉꾼으로 전락하기에 이르렀다.

하지만 이 모든 사실에도 불구하고 우리는 템플 기사들이 (현재 존재한다고 한다면) 성지를 탈환하기 위한 영광스러운 전투에서 불멸의 영예를 아로새긴 것에서부터, 저녁 식탁에서 구운 양고기나 써는 완전히 세속적인 존재로 전락했다는 사실을 받아들일 준비가 아직 되어 있지 않다. 이 타락한 기사들은 아나크레온**처럼 전쟁터가 아니라 연회장에서 쓰러지는 것이 훨씬 더 달콤하다고 생각하는 것일까? 그렇지 않다면 이 유명한 집단이 어떻게 살아남을 수 있겠는가? 현대 런던의 템플러들! 붉은 십자가가 그려진 망토를 걸치고 다이븐 베드***에 기대 누워 시가를 피우고 있는 템플러들! 템플러들이 강철 투구, 창, 방패를 잔뜩 쌓아 놓고 철로의 열차 안에 가득 들어차 있어 기차 전체가 하나의 길쭉한 기관차처럼 보인다!

---

* Monastic vow. 수도회에 들어가서 일정한 수련기를 거친 다음 수도회원이 되겠다고 맹세하는 것. 보통 순종 · 동정 · 청빈 등 세 가지 서원이 있다.
** Anacreon(B.C. 570?~480?): 고대 그리스의 서정시인. 주로 술과 사랑에 관한 시를 썼다.
*** Divan: 두꺼운 받침대와 매트리스로 된 침대.

아니, 진짜 템플 기사는 사라진 지 오래되었다. 템플 교회*
를 찾아가 경이로운 무덤들을 살펴봐라. 평온한 심장 위에 팔
짱을 끼고 두 다리를 뻗고서 꿈꾸지 않고 영원히 잠들어 휴
식을 취하고 있는 엄숙하고 오만한 모습을 보라. 대담한 템플
기사들은 먼 옛날에 사라져 더 이상 존재하지 않는다. 그렇지
만 그 기사단의 이름은 명목뿐이지만 지금도 여전히 남아 있
고, 옛 장소와 커다란 옛 건축물 일부도 남아 있다. 하지만 강
철 부츠는 에나멜 가죽 부츠로 변했고, 두 손으로 사용하던
긴 칼은 한 손으로 사용하는 깃펜으로 바뀌었다. 무료로 영적
인 조언을 해 주던 수도사들은 이제 돈을 받고 조언을 해 준
다. 석관石棺을 지키는 사람은 (무기를 잘 다룬다면) 이제 지켜
야 할 것이 하나 이상이 되었다. 예수의 무덤으로 이어지는
모든 길을 열고 개척하겠다고 맹세한 이는, 이제 모든 법정과
법의 길을 점검하고 가로막고 방해하고 훼방 놓을 특별한 임
무를 맡고 있다. 아크레** 전투에서 선봉에 섰던 사라센의 기
사들, 전사들은 이제 웨스트민스터 홀에서 법률적 문제를 다
투고 있다. 투구는 가발이 되었다. 시간의 마법사가 들고 있는

---

* Temple Church: 영국 런던에 있는 12세기 후반 템플기사단이 건설한 교회. 템플기사단
의 본부로 사용되었다.

** Acre: 이스라엘 북서부의 지중해에 면한 항구 도시. 자주 십자군의 격전지가 되었다.

지팡이에 끌려 템플러들은 오늘날 법률가가 되었다.

그러나 템플 기사의 몰락은 찬란한 영광의 정점에서 굴러 떨어진 많은 다른 사람들처럼, 사과가 가지에 붙어 있을 때는 단단하지만 땅에 떨어지면 달콤하게 익는 것처럼 템플 기사를 더욱더 훌륭한 사람으로 변모시켰을 뿐이다.

어쩌면 그 옛 전사, 사제들은 기껏해야 난폭하고 거친 자들에 불과했을 것이다. 버밍엄에서 만든 무기로 무장했다고 해서, 그들의 팔에 두른 주름 잡힌 강철이 어떻게 여러분이나 나의 팔에 감동 어린 전율을 줄 수 있겠는가? 그들의 자랑스럽고 야심 찬 수도자의 정신은 기도서가 적힌 옛 글씨판처럼 굳게 잠겨 버렸다. 그들의 얼굴은 포탄 속에 파묻혔다. 이들이 어떤 부류의 친절한 사람들이었던가? 그러나 현대의 템플러는 최고의 동료이고 더없이 상냥한 주인이자 최고의 손님이다. 재치와 와인이 그들의 빛나는 상표이다.

교회와 회랑, 안뜰과 둥근 천장, 좁은 길과 복도, 연회장, 식당, 도서관, 테라스, 정원, 넓은 산책로, 거주지, 디저트를 먹는 휴게실 등이 중앙에 모여 아주 넓은 공간을 차지하고 있다. 그리고 이 모든 것들이 유서 깊은 도시의 주변 소음으로부터 잘 격리되어 있으며, 가장 독신자다운 특징을 잘 간직하고 있고, 런던 어느 지역도 이처럼 조용하고 기분 좋은 피난처를 제공해 주지 못한다.

템플은 실제로 도시 자체이다. 앞서 열거한 장소들이 보여 주는 것처럼 최상의 부속물들이 갖춰진 도시이다. 공원과 화단과 강변이 있는 도시, 유프라테스강이 태초의 에덴동산 옆으로 포근하게 흐르듯이 한쪽으로 템스강이 유유히 흐르는 도시이다. 오늘날 템플 가든이라고 알려진 곳에서 옛 십자군들은 그들의 군마를 조련하고 창술을 연마하곤 했었다. 이제 현대의 템플러들은 나무 아래 벤치에 기대앉아 그들의 에나멜 가죽 부츠를 흔들어대고 재치 있는 응답을 하며 유쾌한 담론을 벌이고 있다.

연회장 벽에 길게 줄지어 있는 위엄 있는 초상화들은 저명인사들, 유명한 귀족들, 판사들, 대법관들이 생전에 템플러였다는 사실을 보여 주고 있다. 하지만 모든 템플러들이 세상에 널리 알려진 것은 아니다. 따뜻한 가슴과 더욱 따뜻한 환대, 풍성한 마음과 더욱 풍성한 포도주 저장실을 갖추고, 훌륭한 조언과 영광스러운 만찬을 제공해 주고, 재미와 도락이 있는 진귀한 오락이 가미된다면, 불멸의 표창을 받을 만하겠다. 조용히 앉아서 R. F. C.와 그의 늠름한 형제들의 이름을 생각해 보자.

진정한 의미에서의 템플러가 되기 위해서는 변호사나 법을 전공하는 학생이 되어야 하고, 정식으로 그 집단의 일원으로 등록해야 한다. 그렇지만 템플 지구 안에 사무실을 가지고 있으면서 그곳에 거주하지 않는 템플러도 상당수에 이른다. 반면 이 고색창연하고 오래된 거주지에 템플러로 허락받지 못한 사람들도 많이 살고 있다. 가령, 한가한 신사이자 독신자 혹은 결혼하지 않은 조용한 문필가가 이 조용하고 호젓한 장소에 매력을 느껴, 이 고요한 야영지에서 다른 텐트들 사이에 본인의 그늘을 드리우는 텐트를 치고 싶다면, 템플 집단의 사람과 특별한 친분을 맺어 그 친구의 이름을 빌려 방세를 지불하고 괜찮다고 생각되는 빈방 하나를 구할 수 있다.

그리하여 나는 명목상으로는 기혼자이고 홀아비이지만 실제로는 총각이었던 존슨 박사*가 이곳에서 거주할 방을 구할 때 그런 방법을 썼을 거라고 짐작한다. 확실한 총각이고 보기 드물게 선한 사람이었던 찰스 램** 역시 그렇게 했을 것이다. 그리고 그 밖의 많은 훌륭한 사람들, 독신 수도회 형제들이 가끔 이곳에서 식사를 하고 잠을 자며 임시거처로 삼기도

---

* Dr. Johnson: 18세기 영국의 지성을 대표하는 문인 새뮤얼 존슨, 1709~1784의 애칭이다. 대표작품으로 10권으로 된 『영국시인전(Lives of the English Poets)』이 있다.
** Charles Lamb(1775~1834): 영국의 수필가. 그의 산문집인 『엘리아의 수필(Essays of Elia)』은 영국 수필의 걸작으로 평가된다.

했다. 실제로 이곳은 사무실과 거주지로 이루어진 벌집 같은 곳이다. 총각들이 거주하는 아늑한 방들이 사방에 늘어서 있어 마치 치즈처럼 온통 구멍이 나 있는 모양이다. 사랑스럽고 정말로 기분 좋은 장소이다! 아! 내가 그 고색창연한 지붕 아래에서 다정한 환대를 받으며 그곳에서 보냈던 달콤한 시절들이 생각난다. 그 행복했던 시절은 시적 감흥을 통해 가슴으로만 느낄 수 있다. 그래서 나는 한숨을 쉬며 「내 고향으로 날 보내 주!」를 살며시 불러 보았다.

총각들의 천국은 대체로 그런 곳이다. 나는 청명한 5월 어느 화창한 오후에 그런 사실을 알게 되었다. 그날 나는 트래펄가 광장에 있는 내가 묵고 있는 호텔을 활기차게 나와 훌륭한 법정변호사이자 독신자이고 법학원 평의원인 R. F. C.와의 (그의 직함은 법정변호사가 먼저고 그다음이 독신자이고 세 번째가 법학원 평의원이 되어야 한다. 따라서 나는 그 순서에 따라 그의 직함을 나열했다.) 저녁 약속을 지키기 위해 템플 지구로 갔다. 나는 장갑을 낀 엄지와 검지 사이에 그의 명함을 꽉 쥐고 이름 아래에 '템플, 엘름코트, ○○번지'라고 새겨진 유쾌한 주소를 가끔 힐끗힐끗 쳐다보았다.

원래 그는 아주 화통하고, 태평스럽고 편안함을 주는 다정다감한 영국인이었다. 처음 만났을 때 그가 말이 없고 분위기가 냉랭하다면, 참고 기다려라. 이 샴페인은 서서히 녹을 것이기 때문이다. 좀체 녹지 않는다 해도 액체 식초보다는 언 샴페인이 더 나은 법이다.

식사 자리엔 아홉 명의 신사들이 모여 있었는데 모두 독신남들이었다. 한 명은 '템플, 킹스비치워크, ○○번지'에서 온 사람이었다. 두 번째, 세 번째, 네 번째, 다섯 번째 사람들은 다양한 법학원에 속한 사람들이거나, 템플이라는 단어 못지않게 낭랑하게 울려 퍼지는 음절로 이루어진 이름의 구역에서 온 사람들이었다. 이 식사 모임은 일종의 독신자 평의회로서 넓게 흩어져 있는 구역에서 템플의 전반적 독신주의를 대표하고 있었다. 아니, 대표성으로 봐서 런던에서 최고의 독신자들로 구성된 대의회였다. 먼 구역에서 참석한 몇몇은 변호사이자 총각들의 불멸의 본거지인 링컨스인 법학원과 퍼니벌스인 법학원에서 왔다. 그리고 내가 특별히 경외심을 가지고 바라본 신사 하나는 한때 베롤럼 경*이 독신자로 지냈던 구역인 그레이스인 법학원을 대표해서 왔다.

식사하기로 되어 있는 건물은 하늘 높이 솟아 있었다. 내가 그곳에 가기 위해 기묘하고 낡은 계단을 얼마나 많이 올랐

---

* Lord Verulam: 영국의 철학자 프랜시스 베이컨(Francis Bacon, 1561~1626)의 별칭.

느지 모르겠다. 그러나 유명한 사람들을 만나 함께 근사한 만찬을 즐긴다는 것은 이런 고생에 보상을 하고도 남는 일이다. 만찬을 주최한 주인은 분명히 음식을 적절히 즐기고 소화하는 데 필요한 사전 운동을 제공할 목적으로 이렇게 높은 곳에 있는 식당을 택했으리라.

실내의 가구는 화려한 꾸밈은 없지만 아늑하고 고풍스러운 훌륭한 것들이었다. 광택제가 마르지 않아 끈적거리고 번질번질한 새 마호가니 가구는 없었다. 이 조용한 방에는 불편할 정도로 사치스러운 오토만 의자*와 너무 화려해서 사용하기에 부담스러운 소파 같은 것이 없어서 사람의 마음을 불편하게 하지 않았다. 분별 있는 미국인이 분별 있는 영국인에게 배워야 할 한 가지 사실은 번쩍번쩍 겉만 번드르르한 싸구려 물건은, 아늑하고 위안을 주는 실내 분위기에 어울리지 않는다는 점이다. 미국의 기혼자들은 시내의 금박을 입힌 화려해 보이는 식당에서 질긴 고기를 게걸스레 허겁지겁 먹는다. 반면에 영국 총각들은 평범한 식당이 아닌 가정에서 최고급 사우스다운 양고기로 여유로운 식사를 즐긴다.

방의 천장은 낮았다. 성 베드로 대성당 밑에서 식사를 하고

---

* 팔걸이가 없는 푹신한 긴 의자.

싶은 사람이 누가 있겠는가? 높은 천장이라니! 그것이 당신이
요구하는 것이고 높을수록 좋다면, 당신은 키가 아주 클 테니
까 밖에 나가서 하늘만큼이나 높은 기린과 식사를 하라.

식사 때가 되자 아홉 명의 신사들은 각자 자리에 앉아 이
내 식사를 하기 시작했다.

내 기억이 맞는다면, 소꼬리 수프가 맨 먼저 나왔다. 나는
수프가 진한 적갈색을 띠고 있어 혹시 주재료가 소몰이꾼의
막대기나 왕실 의전관의 생가죽 채찍이 아닐까, 어리둥절했지
만 맛이 얼마나 좋던지 그런 생각이 완전히 사라졌다. (다음
요리가 나오기 전 우리는 클라레 와인*을 약간 마셨다.) 두 번째
로 나온 것은 해산물 요리였다. 얇은 조각처럼 벗겨 놓은 눈
처럼 하얀 넙치요리였다. 젤리처럼 끈적끈적했지만 바다거북
요리처럼 그렇게 기름지지는 않았다.

이쯤에서 우리는 셰리주** 한 잔으로 입을 개운하게 했다.
가벼운 척후전이 끝나고, 유명한 영국의 총사령관 격인 로스
트비프를 선두로 육중한 포병대급의 요리가 행진해 들어왔다.
총사령관의 부관인 양 등심, 기름진 칠면조, 치킨 파이 등 그
밖의 맛있는 요리들이 나왔다. 그러는 사이에 척후병이라 할

---

* 프랑스 보르도 지방에서 생산되는 레드 와인.
** 스페인 남부 지방에서 주조되는 백포도주. 흔히 식사 전에 마신다.

수 있는 은제 술병에 담겨 있는 거품이 이는 에일 맥주 아홉
병이 등장했다. 육중한 대포들이 경무장한 척후병들을 따라
물러나자 최상의 새 요리 여단이 식탁 위에 자리를 잡았다.
여러 디캔터*에서 흘러나오는 불그레한 빛이 그들의 캠프파이
어를 대신했다.

맛있는 요리가 끝없이 나온 뒤에 타르트와 푸딩이 뒤따랐
고 그다음에 치즈와 크래커가 나왔다. (우리는 그저 훌륭하고
오래된 관습을 지키기 위해 의식이라는 이름으로 오래된 고급 포
트 와인**을 한 잔 들이켰다.)

이제 식탁보가 치워지고 죽음을 무릅쓰고 워털루 전장에
뛰어든 블뤼허***의 군대처럼 급하게 행군을 한 나머지 먼지를
뒤집어쓴 병들로 구성된 새로운 파견대가 행진해 들어왔다.

머리통은 소크라테스의 머리만큼이나 크고, 머리카락은
눈처럼 하얀, 나이가 많이 들어 보이는 어느 육군 원수가 손
에 새하얀 냅킨을 들고 이 모든 군사 기동훈련을 지휘하고 있
었다. (나는 그를 웨이터라는 불명예스러운 이름으로 부르고 싶지

---

* Decanter: 포도주를 일반 병에서 따라 내어 상에 낼 때 쓰는, 보통 유리나 크리스탈로
만든 유리병. 입구는 좁고 길며 내부는 넓은 구조로 되어 있다.
** 단맛이 나는 포르투갈산 레드와인 적포도주. 보통 식사 끝에 마신다.
*** Gebhard Leberecht von Blücher(1742~1819). 프로이센의 원수. 워털루 전투에서 영국 명
장 웰링턴과 함께 나폴레옹 군대를 물리쳤다.

않다.) 그는 유쾌한 연회가 진행되는 도중에 자신의 중요한 업무에 열중해, 절대 웃는 모습이 없었다. 존경할 만한 분이다!

나는 위에서 전체적인 작전 계획을 대략적이나마 묘사하려고 노력했다. 하지만 누구나 알고 있듯이, 온화하고 훌륭한 만찬에는 이것저것 수도 없이 많은 요리들이 무차별적으로 올라와 이 모든 요리와 음료를 세세하게 묘사할 수 없는 노릇이다. 그래서 나는 클라레 와인 한 잔, 셰리주 한 잔, 포트 와인 한 잔, 에일 맥주 한 잔을 (이 모든 술은 때맞춰 적당한 시간에 나왔다.) 마신 것에 대해 언급했다. 하지만 이것들은, 말하자면, 공식적으로 건배할 때 마신 술에 불과했다. 신사들은 이 건배주를 마시는 사이사이에 많은 술잔을 자유롭게 비웠다.

아홉 명의 총각들은 서로의 건강에 따뜻한 관심을 가지고 있는 것 같았다. 와인이 흐르는 내내 그들은 양옆에 앉은 신사들과 행복과 지속적인 건강을 진심으로 빌어 주는 말을 진지하게 주고받았다. 나는 이런 부류의 총각들이 약간의 와인이 마시고 싶을 때 (디모데처럼 자신의 위장 건강을 위하여*), 다른 총각들이 자리를 함께하지 않으면, 혼자서는 마시지 않을 거라는 걸 알았다. 동료 없이 혼자서 술을 마시는 것을 보이

---

* 「디모데전서」 5장 23절에서 바울은 병약한 디모데에게 "이제부터는 물만 마시지 말고 네 위장과 자주 나는 병을 위하여 포도주를 조금씩 쓰라."고 말했다.

면 점잖지 못하고 이기적이고 우애가 없는 짓으로 여겨지는 것 같았다. 그러는 사이, 술기운이 퍼져감에 따라 모임의 분위기는 점점 무르익어 최고조의 다정다감한 자유로운 상태가 되었다. 그들은 온갖 유쾌한 이야기를 나누었다. 이제 특별한 친구한테만 말하기 위해 간직해 둔 이야기인, 모젤 와인과 라인 와인 중 어느 것을 선택하느냐와 같은, 그들의 개인적 삶에서 선택에 관련된 경험담을 주제로 이야기를 나누었다. 한 신사는 옥스퍼드의 학창 시절에 대한 감미로운 추억담을 들려주었다. 그는 자유 사상을 가진 친구들과 솔직한 심성을 지닌 귀족들의 흥미롭고 다양한 일화를 섞어 가며 이야기했다. 회색 머리에 얼굴이 쾌활해 보이는 또 다른 총각은, 본인의 설명에 의하면, 시간적 여유가 생길 때마다 오래된 플랑드르 건축양식을 조사하기 위해 저지대 국가*로 달려간 이야기를 했다. 은발에 얼굴이 쾌활한 이 박식한 나이 든 총각은 옛 플랑드르 사람들의 땅에서 발견되는 오래된 길드 집회소, 시공회당, 주지사 관저들의 정교함과 화려함을 묘사하는 데 탁월한 재능을 가지고 있었다. 세 번째로 이야기를 한 신사는 대영박물관을 수시로 들락거리는 사람으로, 많은 고대 유물과 동양

---

* Low Countries: 유럽 북해 연안의 베네룩스 3국이라 부르는 벨기에, 네덜란드, 룩셈부르크 지역을 가리킨다.

의 고문서, 복제본이 없는 값비싼 고서 등에 대해 해박한 지식을 뽐냈다. 네 번째 신사는 옛 그라나다 왕국*을 여행하고 최근에 돌아와, 당연히 사라센의 풍광에 빠져 있었다. 다섯 번째 신사는 법률의 재미있는 사례를 소개했고, 여섯 번째는 와인에 일가견이 있었다. 일곱 번째 신사는 결코 책에 나오지 않은, 이전에 공적 사적인 자리에서 한 번도 언급되지 않았던 철의 공작**의 사생활에 관한 묘하고도 독특한 일화들을 이야기했다. 여덟 번째는 최근 들어 이따금 풀치***의 익살스러운 시를 번역하면서 저녁을 보낸다고 했다. 그는 우리에게 아주 재미나는 구절을 인용해 주었다.

그리하여 저녁 시간은 훌쩍 지나갔고, 알프레드 대왕 시대의 물시계가 아니라 와인 정밀시계로 시간을 알았다. 그러는 사이 테이블은 일종의 엡섬**** 히스 경마장 같았다. 디캔터들이 둘레를 질주하는 표준 경마장이었다. 하나의 디캔터가 충분히 빠른 속도로 목적지에 도착하지 못할까 봐, 또 다른 디

---

* Old Granada: 에스파냐 안달루시아 지방의 옛 도시 그라나다를 중심으로 한 이슬람교 왕국.

** Iron Duke: 아서 웰링턴(Arthur Wellesley Wellington) 공작의 별명.

*** 루이지 풀치(Luigi Pulci 1432-1484): 이탈리아의 시인. 대표작으로 익살맞은 필치로 쓴 르네상스 시대의 가장 탁월한 서사시인 『모르간테(Morgante)』가 있다.

**** Epsom: 영국 잉글랜드 서리주에 있는 타운. 경마로 유명하다. 1779년 더비 백작이 엡섬 다운스에서 경마대회를 개최했고, 그의 이름을 따서 더비 경마라 불린다.

캔터가 그에게 서두르라고 재촉하기 위해 급파되었다. 그러자 세 번째 디캔터가 두 번째 디캔터를 재촉하기 위해, 네 번째, 다섯 번째가 이런 식으로 계속 급파되었다. 이렇게 맹렬히 질주하는 내내 큰소리도 없었고, 예의에 어긋난 행동 같은 것도 없었고 소란도 없었다. 나는 소크라테스의 머리를 닮은 육군 원수의 세심하고도 엄숙하고 진지한 태도를 보고, 만약 그가 자신이 시중드는 신사들에게서 조금이라도 무례한 모습을 눈치챘더라면 아무런 경고 없이 당장 그 자리를 떠났을 것이라고 확신했다. 후일에 나는 만찬이 진행되는 동안 옆방에서 식사를 하던 어느 허약한 총각이 길고도 따분한 3주간의 시간을 보낸 뒤 처음으로 기분 좋게 단잠을 잤다는 이야기를 들었다.

그것은 훌륭한 삶, 기분 좋은 음주, 좋은 느낌, 재미나는 이야기 등을 조용하게 몰입해서 즐기는 완벽한 시간이었다. 우리는 형제단이었다. 편안함이, 우애가, 가정적인 안락함이 이 모임의 큰 특징이었다. 또한 마음이 태평스러운 이들은 걱정해야 할 아내나 아이들이 없는 것이 분명해 보였다. 그들 대부분은 여행자들이었다. 왜냐하면 총각들은 가정을 방치했다는 양심의 가책 없이 혼자서 자유롭게 여행할 수 있기 때문이다.

고통이라는 것과 골칫거리라 불리는 근심, 이 두 개의 전설적인 단어는 이들 총각들의 상상력에는 터무니없는 것 같았다. 자유분방한 감각, 세상에 대한 무르익은 학식, 철학에 대한 폭넓은 지식과 연회에 대한 이해를 갖춘 이러한 사람들이 어떻게 수도승들에게나 어울릴 법한 그런 우화들에 걸려드는 고통을 당하겠는가? 고통! 근심! 아니 가톨릭의 기적들에 관해 이야기하는 편이 더 나을 것이다. 그런 것들은 없다. (셰리주나 건네 주세요, 선생님.) (흥, 체! 말도 안 돼!) (포트 와인 좀 건네 주시겠어요, 선생님. 터무니없어요. 그런 말 하지 마세요.) (디캔터가 선생님 앞에서 멈춘 것 같은데요.)

만찬은 그렇게 지나갔다.

식탁보가 치워지고 얼마 되지 않아 만찬 주최자가 소크라테스에게 의미 있는 손짓을 했고, 소크라테스는 엄숙한 태도로 스탠드로 가서 큼지막한 나선형의 뿔 하나를 가지고 돌아왔다. 그 뿔은 무늬를 새겨 기묘할 정도로 화려하게 장식을 했는데, 위쪽이 반짝거리는 은으로 장식된 보통의 여리고 나팔*이었다. 실물 모양의 염소 머리 두 개가 그 멋있는 나선형

---

* 구약성경 시대 이스라엘 사람들이 이집트에서의 노예 상태를 벗어나 오랫동안 광야생활을 마친 뒤, 가나안 땅으로 들어가서 여리고성을 허물기 위해 성 주위를 맴돌며 불었던 양각나팔을 가리킨다. 여기서는 일반적인 양각나팔을 뜻하는 것 같다.

뿔 주둥이 양쪽으로 돌출되어 달려 있었고, 그 머리에는 네 개의 단단한 은제 뿔이 박혀 있었다.

　나는 만찬 주최자가 나팔 연주자라는 이야기를 들어 보지 못했기 때문에, 그가 멋있는 연주라도 하려는 듯 테이블에서 이 뿔을 들어 올리는 것을 보고 깜짝 놀랐다. 하지만 그가 뿔의 주둥이 안으로 엄지와 검지를 집어넣는 것을 보고 안도했고 뿔의 용도가 무엇인지 알게 되었다. 거기서 은은한 향기가 퍼져 나왔고, 래피라고 하는 고급 코담배 냄새가 내 콧구멍을 자극했다. 그 뿔은 코담뱃갑이었다. 그것이 식탁을 한 바퀴 돌았다. 나는 이 시점에서 돌아가며 코담배 냄새를 맡는 것은 근사한 아이디어라고 생각했다. 나는 이런 멋진 방식이 우리나라 사람들에게도 소개되었으면 좋겠다는 생각이 들었다.

　아홉 총각의 놀랄 만한 예의 바름은 와인을 아무리 많이 마셔도 영향을 받지 않았고, 아무리 유쾌하게 즐기더라도 예절에 어긋나는 행동은 하지 않았다. 이 모습은 나에게 다시 한번 강한 인상을 남겼다. 그들은 코담배를 거리낌 없이 맡았지만 어느 누구도 예절이 흐트러지지 않았고, 옆방의 허약한 총각이 재채기를 해도 그를 나무라는 사람이 없었다. 그들은 그것이 나비 날개에서 솔질로 털어 채취한, 해가 없는 분말이라도 되는 것처럼 조용히 코담배 냄새를 맡았다.

허먼 멜빌

그러나 만찬이 아무리 근사해도 총각들의 만찬은 총각들의 삶처럼 영원히 지속될 수는 없다. 이제 마칠 시간이 되었다. 총각들은 차례로 모자를 쓰고 둘씩 서로 팔짱을 끼고 담소를 나누며 판석이 깔린 안뜰로 내려갔다. 어떤 신사는 침대에 들어가기 전에 데카메론의 책장을 넘기기 위해 이웃 방으로 갔다. 또 어떤 신사들은 시원한 강변에 있는 정원을 거닐면서 시가를 피우기도 했다. 또 어떤 신사들은 거리로 나가 멀리 있는 숙소까지 편하게 가기 위해 마차를 불렀다.

나는 제일 마지막까지 남아 있었다.

만찬 주최자가 빙그레 미소를 지으며 말했다. "저어, 이곳 템플에 관해 어떻게 생각하십니까? 우리 총각들이 이곳에서 살아 나가는 삶의 방식 말입니다."

"선생님," 나는 존경하는 마음을 솔직하게 드러내며 말했다. "선생님, 이곳이야말로 바로 총각들의 천국입니다!"

II

처녀들의 지옥

 그곳은 뉴잉글랜드의 워돌러산에서 멀지 않은 곳에 있다. 6월 초 향기로운 풀에 고개를 끄덕여 인사하며 산뜻한 농장과 햇살이 내리쬐는 초지 사이를 빠져나와 곧장 동쪽으로 방향을 돌리면, 황량한 언덕 사이로 들어서게 된다. 이 언덕 사이는 점차 좁아져서 어스름한 좁은 길로 이어지는데, 이 길은 양쪽으로 험준한 바위에 둘러싸여 마치 멕시코 만류처럼 끊임없이 격렬한 바람이 휘몰아치는데, 오래전 근처 어딘가에 있었다고 하는 미친 노처녀의 오두막에 관한 전설에 따라 '미친 노처녀의 으르렁거리는 피리'라는 이름이 붙여졌다.

 예전에 급류가 흘렀던 위태롭기 짝이 없는 좁은 마찻길 하나가 그 골짜기의 바닥을 따라 굽이굽이 이어진다. 그 길을 쭉 따라가다 보면 가장 높은 지점에 이르게 되고, 단테의 관문 안에 서게 된다. 양쪽에 가파른 암벽이 솟아 있고, 이상할 정도로 검은색을 띠고 또 갑자기 좁아져서 이 특별한 곳은

'검은 협곡'이라 불린다. 이 협곡은 이제 내려갈수록 점차 넓어지다가 저 멀리 나무가 빼곡히 들어찬 으스스한 많은 산 사이에 움푹 꺼진, 자줏빛의 깔때기 모양의 거대한 분지가 눈앞에 들어온다. 이 지역 사람들은 이 분지를 '악마의 지하 감옥'이라 부르고 있다. 그곳엔 사방으로 흐르는 급류 소리가 귓전을 때린다. 이 회오리치는 물살은 가파르고 좁은 골짜기의 거대한 둥근 바위들 사이로 거품을 내며 흐르다가, 마침내 탁한 벽돌색의 개천에서 하나로 합쳐진다. 이 지역 사람들은 이 이상한 빛깔의 개천을 '피의 강'이라 부른다. 이 급류는 검은 절벽에 이르러 갑자기 서쪽으로 방향을 틀어 18미터 높이의 폭포 아래로 떨어져 생육이 부진한 늙은 소나무 숲의 품안으로 흘러들어 간다. 다시 그 물은 저 멀리 보이지 않는 저지대를 향해 소나무 숲 사이로 소용돌이치면서 흘러내려 간다.

그 폭포 맨 끝자리, 깎아지른 암벽 꼭대기에 오래된 제재소의 잔해가 눈에 띌 정도로 어지러이 흩어져 있다. 그 제재소는 거대한 소나무와 솔송나무들이 이 지역 일대에 울창하게 자라고 있었던 먼 옛날에 지어진 것이었다. 이끼가 검게 덮여 있고 옹이가 뾰족하게 나 있는, 대충 잘라 놓은 거대한 통나무 더미가 허물어져 여기저기 아무렇게나 버려진 채 썩어 가고 있었고, 폭포의 어둑한 끝자락에 위태롭게 삐죽 튀어나온

통나무도 있었다. 이 황량하게 버려져 있는 제재소와 통나무 잔해는 흡사 거칠게 떼어 낸 한 덩어리의 큰 바윗돌처럼 보이기도 했고, 험준하고 거친 주변 경치 탓에 중세의 라인란트*와 투름베르크**의 모습 같기도 했다.

악마의 지하 감옥에서 그리 멀지 않은 곳에 커다란 하얀 건물이 하나 서 있다. 그 건물은 산허리의 전나무들과 높이가 7백여 미터나 되는 음산한 산비탈 위에 장엄하게 치솟아 있는 다른 강인한 상록수들을 배경으로 거대한 하얀 무덤처럼 뚜렷하게 솟아 있다.

그 건물은 제지공장이다. 대규모의 종묘사업을 (광범위하게 확대되어 우리 씨앗들은 동부와 북부주 전역에 유통되었고, 심지어 먼 미주리와 캐롤라이나 전역에까지 판매되었다.) 시작한 이후로, 내가 담당하는 사업장에서 종이의 수요가 엄청나게 증가해 종이에 대한 지출 비용이 전체 회계에서 가장 중요한 항목이 되었다. 종묘사업자들이 종이를 가지고 도대체 무얼 하는지 우회적으로 말할 필요는 없다. 봉투를 만든다. 대개 누런 종이를 사각형으로 접어 봉투를 만든다. 그 안에 씨앗을

---

* Rhineland: 독일의 라인 강 중류의 서쪽 지방을 가리킨다.
** Thurmberg: 독일 카를스루에(Karlsruhe) 교외 지역인 두얼락(Durlach)에 위치한 언덕. 폐허가 된 성터로 유명하다.

넣어도 거의 납작하다. 겉봉에 우표를 붙이고 들어 있는 씨앗의 종류를 기재하면 우송할 준비가 되어 그럭저럭 사업용 편지의 모습이 갖춰진다. 내가 사용하는 이 작은 봉투들의 양은 믿을 수 없을 만큼 엄청나다. 한 해에 수십만 장은 거뜬할 것이다. 얼마 동안 나는 필요한 종이를 이웃 도시에 있는 도매상인들한테서 구입했었다. 그러다가 이제 경제적 이유도 있고 여행을 하고 싶은 마음도 있고 해서, 나는 1백여 킬로미터 떨어진 그 산맥 너머, 악마의 지하 감옥에 위치하고 있는 제지 공장을 방문해 앞으로 쓸 종이를 주문하기로 마음먹었다.

때는 1월 말이라 썰매를 타고 여행하기에 정말로 적합했고 또 얼마 동안은 그런 날씨가 유지될 가능성이 높았기 때문에, 나는 혹독한 추위를 무릅쓰고 흐린 어느 금요일 정오에 물소와 늑대 가죽으로 된 외투를 입고 한 필의 말이 끄는 썰매를 타고 출발했다. 하룻밤은 길에서 보내고 이튿날 정오 무렵에 워돌러산이 보이는 곳까지 도착했다.

멀리 보이는 산의 꼭대기는 눈으로 덮여 있었다. 나무로 우거진 하얀 꼭대기에서 굴뚝에서 솟아오르는 것처럼 하얀 수증기가 뭉게뭉게 피어오르고 있었다. 전체가 꽁꽁 얼어붙어 하나의 화석처럼 보였다. 썰매의 강철 미끄럼판은 으스러뜨리는 소리를 내며 깨진 유릿가루 같은 바싹 마른 눈길을 헤쳐

달려갔다. 눈길 양쪽 여기저기의 숲들은 식물들의 안쪽 섬유 조직까지 추위가 스며들어 뻣뻣한 모습으로 서 있었는데, 가끔 돌풍이 무자비하게 불어 숲을 통과하자 숲은 (흔들리는 나뭇가지뿐 아니라 수직으로 서 있는 나무 기둥들도) 이상한 신음 소리를 냈다. 크고 울퉁불퉁한 단풍나무 가지들은 쌓인 눈의 무게를 견디지 못해 담배 파이프 자루처럼 툭 부러져 무정한 대지 위에 널브러져 있었다.

온몸이 얼어붙은 땀 조각들로 뒤덮여 우윳빛 어린 양처럼 하얗게 변한, 숨을 내쉴 때마다 콧구멍에서 두 개의 뿔 모양의 뜨거운 김을 토해 내고 있던, 여섯 살밖에 되지 않은 나의 애마 블랙은 뒤틀린 늙은 솔송나무 한 그루가 눈길에 쓰러져 아나콘다처럼 시커멓게 움츠려 있는 모습을 보고 (쓰러진 지 채 10분도 되지 않은 것 같았다.) 움찔하다가 갑자기 방향을 틀었다.

'미친 노처녀의 으르렁거리는 피리'에 다다랐을 때 잠잠하던 돌풍이 갑자기 뒤에서 맹렬하게 불어와 뒤쪽이 높은 썰매를 언덕 위로 거의 밀어주었다. 돌풍은 마치 불행한 세상에 묶인 길 잃은 수많은 원혼들처럼, 떨고 있는 고개 전역에 날카로운 비명을 질렀다. 고갯마루에 오르기 전, 나의 애마 블랙은 살을 에는 듯한 바람에 몹시 화라도 난 것처럼 그의 강한 뒷다리를 앞으로 내딛었다. 가벼운 썰매를 언덕 꼭대기를 향해 곧장 끌며, 골짜기의 좁은 길을 질풍처럼 달리면서 폐허가 된 제재소를 지나 미친 듯이 아래로 내려갔다. 말은 폭포와 어우러져 악마의 지하 감옥 안으로 돌진해 들어갔다.

내가 자리에서 일어나 외투를 벗고 몸을 뒤로 젖히며 한 발로 눈받이판을 있는 힘을 다해 밟자, 귀에 거슬리는 소리가 나면서 눈이 공중으로 치솟았다. 모퉁이에서 썰매가 용케 멈추어서, 웅크려 있는 사자처럼 길가에 튀어나온 거친 바위에 충돌하는 것을 모면할 수 있었다.

처음에 나는 제지공장을 찾을 수 없었다.

바람에 눈이 흩날려 화강암의 뾰족한 부분이 여기저기에 드러나 있는 것을 제외하고는 분지 전체가 하얀 눈으로 반짝거리고 있었다. 산들은 수의를 (높은 산을 통과하고 있는 시체들의 모습.) 걸친 모습으로 꼼짝 않고 서 있었다. 제지공장은 어디에 있단 말인가? 갑자기 뭔가 윙윙 돌아가는 소리가 내 귓가에 들려왔다. 그쪽을 쳐다보니 커다란 하얀색 공장이 마치 멈춰 선 눈사태 모양으로 거기에 서 있었다. 그 건물은 더 작은 부속건물로 둘러싸여 있었다. 길쭉한 창문이 많이 나 있는 작은 건물들은 뭔가 조악하고, 불편하고, 휑뎅그렁한 분위기로 보아 직공들의 기숙사임이 분명했다. 눈 속에 자리 잡은, 눈처럼 하얀 마을. 그림처럼 모여 있는 건물들 사이에는 조잡

하고 땅이 고르지 못한 광장과 안마당이 놓여 있었는데, 아마도 울퉁불퉁한 암반이 온통 깔려 있어 반듯한 건물 배치가 불가능했기 때문이었을 것이다. 몇몇 좁은 길과 골목길 역시 지붕에서 떨어진 눈으로 부분적으로 막혀 있어 마을은 사방이 차단되어 있었다.

많은 농부들이 (이들은 멋진 썰매를 이용해서 목재를 끌고 시장에 내다 팔았다.) 종소리를 울리며 썰매를 타고 지나가기도 하고, 나무 베는 사람들이 이 마을 저 마을 흩어져 있는 술집을 향해 빠른 속도로 내달리는 그런 간선도로를 벗어났을 때, 말하자면 부산한 큰길에서 벗어나 점차 '미친 노처녀의 으르렁거리는 피리' 안으로 접어들어 저 너머 음산한 검은 협곡을 바라보았을 때, 나는 시간이나 장면상으로 분명한 어떤 것뿐 아니라 내 가슴에 잠재되어 있던 어떤 것이 이상하게도, 어둡고 음울했던 템플바를 처음 보았을 때의 인상을 떠올리게 했다. 그리고 블랙이 바위를 아슬아슬하게 비껴가며 협곡을 맹렬히 질주할 때, 나는 질주하는 런던의 승합마차를 탔던 기억이 났다. 승합마차는 같은 속도로 내달린 것은 아니었지만 거의 같은 방식으로 렌의 아치*를 질주해 통과했다. 이 두

---

* 템플바를 가리킨다.

대상이 결코 완벽히 상응하는 것은 아니었지만, 부분적으로 같지 않다는 것이 오히려 정확히 기억하는 어지러운 꿈만큼이나 생생하게, 서로 유사하다는 사실을 높여 주었다. 그래서 돌출한 바위 앞에서 고삐를 잡아당겨 마침내 내가 간선도로와 협곡을 뒤로 하고 기묘하게 모여 있는 공장 건물들을 보았을 때, 나는 나 혼자뿐이라는 걸 알게 되었다. 움푹 패인 좁은 통로를 따라 혼자서 고요하고도 은밀하게 외딴곳에 도착해 보니 높은 박공지붕이 있고, 한쪽 끝에 무거운 상자를 들어 올리는 조잡한 탑 하나가 설치된 길고 커다란 공장 본관이 많은 별채 건물과 기숙사에 둘러싸인 채 서 있었다. 주변 사무실과 기숙사로 에워싸인 템플 교회처럼 말이다. 그런데 내가 이 신비스러운 산 구석에 멋지게 눌러앉아 있는 모습이 주는 마력에 사로잡혀 있을 때, 보조적인 상상력이 나의 결핍된 기억을 모두 채워 주었다. 그래서 나는 "이곳이야말로 총각들의 천국과 짝을 이루는 곳이야. 눈으로 뒤덮여 있고 서리로 채색된 무덤이라는 점만 빼곤 말이야."라고 중얼거렸다.

나는 썰매에서 내려 위험한 내리막길을 조심스럽게 걸어 내려갔다. 말과 사람 모두가 얼어붙은 바윗길에서 간혹 미끄러지기도 했다. 드디어 나는 본관 건물의 한쪽 벽 앞에 있는 가장 큰 광장으로 걸어, 아니 바람에 떠밀려 내려갔다. 모퉁이에 이르자 살을 찢는 듯한 날카로운 바람이 불어왔다. 그리고 다른 한쪽에는 붉은 피의 강이 잔인하게 흘러가고 있었다. 광장 안에는 엄청나게 많은 길쭉한 목재 더미가 반짝거리는 얼음 갑옷을 걸친 채 산처럼 쌓여 있었다. 말을 매는 기둥이 공장 벽을 따라 옆으로 늘어서 있었는데, 기둥의 북쪽을 향하고 있는 부분에는 얼어붙은 눈이 들러붙어 있었다. 삭막한 광장 바닥은 온통 얼어붙어 있어서 밟을 때마다 금속성의 소리가 울렸다.

나는 반전된 유사성이 (템스강이 푸른 화단을 감돌며 흐르고 있는 감미롭고 고요한 템플 정원.) 다시 떠올라 묘한 생각에 잠겼다.

그런데 그 유쾌한 총각들은 어디에 있는가?

나와 내 말이 휘몰아치는 바람 속에 벌벌 떨며 서 있을 때, 한 여자가 근처 기숙사 문에서 나와 모자도 쓰지 않은 머리에 얇은 앞치마만 뒤집어쓴 채 반대쪽 건물로 걸어갔다.

"잠깐만요, 아가씨, 근처에 말과 썰매를 넣어 둘 헛간이라도 있을까요?"

그녀는 걸음을 잠시 멈추고, 노동으로 창백하고 추위로 새파래진 얼굴을 나에게 돌려 자기와는 아무 상관이 없는 듯 초연하고도 고통에 찬 눈빛을 나에게 던졌다.

"아닙니다." 나는 더듬거리며 말했다. "실례했습니다. 가셔도 됩니다. 아무 일도 아닙니다."

나는 말을 끌고 그녀가 나온 문으로 가서 문을 두드렸다. 얼굴이 창백하고 추위로 새파래진 또 다른 여자가 나타나 찬 바람이 들어올까 봐 몹시 염려하며 문을 살짝 연 채 떨면서 문간에 섰다.

"아닙니다. 실례했습니다. 문 닫으세요. 그런데요, 이곳에 남자는 없습니까?"

그 순간 옷을 단단히 차려입은 안색이 시커먼 사람이 공장 문 쪽으로 가고 있었는데, 그가 다가오는 모습을 보자 그 여자는 얼른 문을 닫았다.

"이곳에 마구간이 없습니까, 선생?"

"저쪽에 목재로 지은 마구간이 있습니다." 그는 대답을 하고 공장 안으로 사라졌다.

나는 톱질과 도끼질이 된, 곳곳에 쌓여 있는 목재 더미 사이로 말과 썰매를 끌면서 진땀을 빼며 겨우 빠져나왔다. 마구간에 들어가 말 등에 담요를 덮고 그 위에 다시 물소 가죽옷을 포개 준 뒤, 바람에 날아가지 않도록 가죽옷 끝자락을 가슴걸이와 엉덩이 띠 안으로 밀어 넣어 단단히 묶었다. 그러고는 바닥이 얼어붙어 있는 데다 두꺼운 마부용 방한 외투까지 입고 있었던지라 뒤뚱거리며 공장 문을 향해 달려갔다.

문 안에 들어서자 나는 넓고 길게 줄지어 있는 창문들로 인해 눈부시게 방이 환해서 눈 덮인 바깥 풍경을 등지고 서서 실내에 초점을 맞추었다.

탁자들이 줄지어 멍하니 놓여 있었고 멍한 표정의 처녀들이 줄지어 앉아, 멍한 손에 멍한 종이 접는 기구를 들고 멍한 백지를 멍하니 접고 있었다.

한구석에 육중한 쇠로 만든 거대한 틀이 버티고 있었고, 피스톤처럼 생긴 수직의 장비가 주기적으로 위로 올라갔다가 무거운 나무 벽돌 위를 눌렀다. 그 기계, 잘 길든 대리인 앞에 키가 큰 처녀 하나가 서서 그 쇠로 된 동물에게 장밋빛 편지지인 12매 박엽지 먹이를 주고 있었다. 피스톤처럼 생긴 기계가 밑으로 살짝 누를 때마다 편지지 한 귀퉁이에 장미 화환 문양이 찍혔다. 나는 장밋빛 종이에서 고개를 들어 처녀의 파리한 뺨을 바라보았지만 말은 걸지 않았다.

또 다른 처녀가 하프의 줄처럼 생긴 길고 가느다란 줄들이 꿰여 있는 긴 기계 앞에 앉아서 풀스캡판* 종이를 먹이로 주고 있었다. 줄 위에 올려 놓은 종이들이 묘하게도, 움직이자마

---

* Foolscap: 가로 33,02센티, 세로 40,63센티 크기의 대형 인쇄용지.

자 기계 반대쪽에 있는 두 번째 처녀 쪽으로 나아갔다. 종이는 첫 번째 처녀에게 올 때는 백지상태였지만 두 번째 처녀에게 갈 때는 줄이 그어져 있었다.

나는 첫 번째 처녀의 이마를 쳐다보고 이마가 젊고 깨끗한 것을 알았다. 그리고 두 번째 처녀의 이마를 보니 쭈글쭈글한 주름살이 나 있었다. 그러면서 나는 계속 지켜보고 있었는데, 두 명의 처녀가 단조로움에 작은 변화를 주기 위해 자리를 서로 바꾸어 버려, 젊고 맑은 이마를 가진 처녀가 서 있던 자리에 이제 쭈글쭈글한 주름살이 나 있는 처녀가 서게 됐다.

또 다른 처녀 하나가 어떤 좁다란 단 위에 놓인, 팔걸이와 등받이가 없는 높은 의자에 앉아 쇠로 만든 다른 동물을 보살피고 있었고, 단 아래에서는 그녀와 짝을 이루는 다른 동료가 앉아서 위의 처녀와 한 팀을 이루어 작업을 하고 있었다.

이들은 한 마디 말도 하지 않았다. 들리는 소리라곤 쇠로 된 동물들의 낮고 꾸준한 윙윙거리는 소음뿐이었다. 이곳에서 인간의 목소리는 추방되었다. 기계들, 인간 노예를 거느리고 있다고 뽐내는 기계들이 아첨하는 인간들의 보살핌을 받으며 이곳에 버티고 서 있었다. 인간들은 노예가 술탄을 섬기듯 말없이 비굴한 태도로 기계를 섬기고 있었다. 처녀들은 기계의 부속 톱니바퀴라기보다 차라리 톱니바퀴의 톱니에 불과한 것 같았다.

내가 무거운 모피 목도리를 벗기 전에 실내를 휙 둘러보자 이 모든 광경이 한눈에 들어왔다. 그러나 내가 모피 목도리를 벗기자마자 바로 옆에 있던 얼굴이 검은 사내가 갑자기 소리를 지르더니 내 팔을 잡고 나를 공장 밖으로 끌고 나갔다. 그러곤 한 마디 말도 없이 얼어붙은 눈 뭉치를 재빨리 집어 들더니 나의 두 뺨에 문지르기 시작했다.

"눈의 흰자위 같은 흰 반점이 두 개 있어서요." 그가 말했다. "신사 양반, 당신 뺨이 얼었어요."

"그럴지도 모르겠소." 나는 중얼거렸다. "'악마의 지하 감옥'의 서리가 더 깊이 박히지 않은 것이 이상하군요. 좀더 비벼주시오."

곧이어 회복된 두 뺨에 살이 찢어질 듯한 지독한 통증이 느껴졌다. 배고픈 블러드하운드* 두 마리가 양쪽에서 내 뺨을 물어뜯는 것 같았다. 마치 내가 악타이온**이라도 된 것처럼.

이 일이 끝나고 곧 나는 다시 공장 안으로 들어가 내가 이곳에 온 이유를 말하고, 그 이야기를 만족스럽게 마무리 지

---

* Blood-hound: 사람을 찾거나 추적할 때 이용하는, 후각이 발달한 영국의 경찰견.
** Actaeon: 그리스신화에 나오는 영웅적인 사냥꾼. 사냥개를 이끌고 산속에서 사냥을 하다가 순결의 상징인 아르테미스가 목욕하는 광경을 엿보게 되어, 사슴으로 변해 자신의 사냥개에게 쫓기다가 갈기갈기 찢겨 죽었다.

었다. 그리고 나를 안내해 공장 전체를 구경시켜 달라고 부탁했다.

"그 일엔 큐피드가 적합하죠." 얼굴이 검은 사내가 말했다. "큐피드!" 이 이상하고 귀여운 이름을 부르자, 보조개가 패인 얼굴이 발그레하고 기운차 보이는, 내 생각엔 좀 건방져 보이는 어린 친구 하나가 수동적인 처녀들 사이에서 금붕어가 무색의 물결 위로 튀어 오르는 것처럼 미끄러지듯 걸어 나왔다. 그 소년은 내가 보기에 공장 안에서 특별히 할 일이 없어 보였다. 그래서인지 사내가 그에게 낯선 방문객을 모시고 공장 전체를 보여 주라고 지시했다.

"먼저 수차를 보셔야죠." 생기 넘치는 소년이 아이답게 활기차고 우쭐거리며 말했다.

우리는 종이 접는 작업장을 떠나, 축축하고 차가운 판자가 깔린 바닥을 가로질러서, 마치 강풍이 부는 바다에 따개비가 들러붙은 동인도 무역선의 초록빛 뱃머리처럼 거품이 끊임없이 쏟아져 내리는 젖은 작업장 아래에 섰다. 이곳에서는 거대한 검은 수차가 하나의 엄숙한 불변의 목적을 갖고 계속해서 회전하고 있었다.

"선생님, 이 수차가 우리 공장의 기계를 죄다 돌아가게 합니다. 여자들이 일하고 있는 공장의 모든 곳에 있는 기계 말입니다요."

나는 사람들이 사용했는데도 피의 강의 탁한 물 빛깔이 바
뀌지 않았다는 것을 알았다.

"이곳에선 어떤 인쇄도 하지 않고 오직 백지만 만들고 있
군. 내 말이 맞지? 오로지 백지만, 그렇지?"

"물론입니다. 제지공장에서 다른 것도 만들어야 하나요?"

여기에서 소년은 내 상식에 의심이라도 하듯 나를 힐끗 쳐
다보았다.

"아, 확실히!" 나는 당황해서 말을 더듬었다. "붉은 물이 창
백한 뺨을… 내 말은, 하얀 종이를 만들어 내는 것이 너무 이
상해 보여서 말이야."

소년이 나를 무너질 듯 삐걱거리는 젖은 계단 위로 안내해
서 우리는 밝은 방 안으로 들어갔다. 그 방 안에는 양쪽으로
길게 늘어서 있는 여물통처럼 투박하게 생긴 용기 외에는 아
무것도 없었다. 여물통 앞에는 처녀들이 시렁에 묶인 수많은
암말처럼 길게 열을 지어 서 있었다. 그들 앞에는 각각 길고
번쩍이는 낫 하나가 여물통 아래 바닥에 고정된 채 수직으
로 솟아 있었다. 칼자루가 없고 모양이 둥글게 휘어져 있는
낫은 꼭 검처럼 보였다. 처녀들은 옆에 있는 바구니에서 길쭉
한 넝마 조각들을 끄집어내, 예리한 칼날 위에 갖다 대고 앞

뒤로 긁으면서 모든 이음매를 갈가리 뜯어내 넝마 조각을 보풀처럼 만들었다. 유독성 미립자가 공기 속에서 사방으로 떠돌며 감지할 수 없는 햇빛 속의 먼지처럼 폐 속으로 빨려 들어갔다.

"이곳이 넝마 작업실이에요." 소년이 기침을 하며 말했다.

"정말로 숨 막히는 방이군." 나도 콜록거리며 대답했다. "그런데 저 여자들은 기침을 하지 않네."

"오, 저들은 습관이 돼 버렸어요."

"이 많은 넝마를 어디에서 가져오지?" 나는 바구니에서 한 움큼 넝마를 집어 들면서 물었다.

"전국 곳곳에서 오는 것도 있고, 바다 건너에서 오기도 하지요. 리보르노*와 런던에서요."

"그렇다면," 나는 중얼거렸다. "이 넝마 무더기 중에는 총각들의 천국 기숙사에서 수거한 낡은 셔츠도 있을지 모르겠군. 하지만 단추는 모두 떨어져 나갔군. 얘야, 이 근처에서 배철러스 버튼**을 본 적 있나?"

"이 지역에선 자라지 않아요. 악마의 지하 감옥은 꽃이 자랄 수 없는 곳이에요."

---

* Leghorn: 이탈리아 토스카나주에 있는 항구 도시. 영어로는 레그혼이라고 한다.
** Bachelor's button: '수레국화'라는 뜻과, 단어 뜻 그대로 '독신자의 단추'라는 뜻이 있다.

"아! 넌 꽃이라고 알고 있구나. 수레국화 말이야?"

"그 꽃에 관해 물어보지 않았나요? 아니면 공장 여자들이 자기네끼리 '노총각'이라고 소곤거리는, 사장님이 달고 있는 금으로 된 가슴 단추를 말하는 건가요?"

"그럼 내가 아래에서 본 그 사람이 총각이란 말이니?"

"예, 총각이에요."

"내가 본 것이 맞다면, 저 검들의 칼날이 여자 쪽에서 바깥으로 휘어져 있군. 그런데 쉴 새 없이 움직이는 넝마와 손가락 때문에 정확히 볼 수가 없군."

"바깥으로 휘어져 있지요."

그래. 나는 중얼거렸다. 이제 보여. 바깥으로 휘어져 있어. 그리고 똑바로 박혀 있는 검의 날이 처녀들 앞에서 바깥쪽으로 기울어져 있어. 내 해석이 틀리지 않다면, 사형 선고를 받은 국사범이 재판관실에서 죽음의 방으로 가는 모습과 흡사해. 사형 선고를 받았다는 뜻에서 간수가 앞에서 칼날을 바깥으로 향한 채 검을 들고 있는 사형수 감방 말이야. 그래서 이 창백한 처녀들은 폐결핵 환자처럼 얼굴이 파리하고 멍한 넝마 같은 삶을 통해 죽음을 향해 가고 있는 것이야.

"저 낫들은 정말로 예리해 보이는구나." 나는 소년 쪽으로 고개를 돌리며 말했다.

"예, 여자들은 낫을 그렇게 관리해야 해요. 보세요!"

그 순간 처녀 두 명이 넝마를 떨어뜨리고 숫돌을 검의 날에 대고 아래위로 움직이며 갈았다. 이런 모습에 익숙하지 않은 내 피는 고문받는 강철 날의 날카로운 비명에 얼어붙는 듯했다.

그들 자신의 사형집행인들. 자기를 죽이는 검을 갈고 있는 자는 바로 자신들이었다.

"애야, 저 여자들은 뭣 때문에 안색이 핏기 하나 없이 하얗지?"

"왜냐면요." 소년은 자신이 내뱉은 말이 무심한 것인지도 모르고 악동 같은 눈빛으로 짓궂고 익살스럽게 말했다. "눈만 뜨면 쉴 새 없이 저렇게 허연 종이를 다루다 보니 얼굴이 백짓장처럼 하얗게 된 것 같은데요."

"애야, 이제 넝마 작업실을 나가자꾸나."

인간이든 기계든 간에, 이 공장 전체에서 가장 비극적이고 불가해할 정도로 신비스러운 광경은, 이런 냉혹한 말을 하는 소년이 자신의 잔혹성에 대해 이상할 정도로 무지하다는 점이었다.

"그리고 이제." 소년은 쾌활하게 말했다. "선생님은 우리의 멋진 기계를 보시게 될 거예요. 지난가을에 1만 2천 달러를 주고 샀지요. 그건 종이를 만들어 내는 기계이기도 해요. 이리로, 선생님."

나는 그를 따라 물이 질척하게 뿌려져 있는 커다란 방 안으로 들어갔다. 그곳엔 반숙한 달걀의 흰자위 같기도 하고, 축축한 양털처럼 보이기도 하는, 허연 액체가 가득 담긴 커다란 둥근 통 두 개가 놓여 있었다.

"저기에," 큐피드가 아무렇지 않은 것처럼 통을 톡톡 두드리며 말했다. "이것들이 종이가 시작되는 첫 단계예요. 하얀 펄프 보이시죠. 커다란 주걱이 움직일 때 펄프가 거품을 내며 빙빙 도는 것 좀 보세요. 펄프가 이 두 통에서 저기 있는 하나의 관으로 흘러 들어가 섞여서, 저 커다란 기계 안으로 느릿느릿 흘러 들어가죠."

소년은 나를 몸속의 피처럼 끈적끈적하고 뜨끈뜨끈한 열기로 가득 찬 이상한 장소로 데리고 갔다. 이곳에서는 분명히 조금 전에 보았던 유독성 입자를 최종적인 무언가로 만들어 내는 것처럼 보였다.

내 앞에는 하나의 연속적인 철제 구조물이 (온갖 종류의 롤러, 휠, 실린더로 이루어진 잡다하게 생긴 신비스러운 기계가 박자에 맞게 천천히 끊임없이 움직였다.) 펼쳐져 있었는데, 거기서 동양의 기다란 두루마리처럼 생긴 종이가 밀려 나오고 있었다.

"이제 이곳에서 펄프가 처음으로 나오죠." 큐피드는 기계의 가장 가까이 있는 끝부분을 가리키며 말했다. "보세요. 첫 펄프가 쏟아져 나와 넓고 경사진 판에 펼쳐져요. 그런 뒤… 보세요… 저기 있는 첫 번째 롤러 밑으로 미끄러지듯 흘러내리죠. 판이 조금 떨리는 것이 보이시죠. 자, 이제 과정을 따라가 보세요. 펄프가 저 롤러 밑으로 흘러 들어간 다음 실린더로 이동하지요. 저기를 보세요. 펄프의 걸쭉한 정도가 점점 약해지는 게 보이시죠. 한 단계를 더 거치면, 펄프의 약한 밀도가 보다 강하게 변해요. 또 다른 실린더를 통과하면, 점착도가 높아져서 (하지만 아직은 잠자리 날개에 지나지 않지만요.) 서로 분리된 두 개의 롤러 사이에, 공중에 매달려 있는 거미줄처럼, 에어 브리지* 모양이 되죠. 그러고는 다시 마지막 롤러 위를 지나가 다시 아래로 내려가면, 선생님의 눈으로 식별이 잘 안 될 테지만요, 섞여 있는 여러 실린더 사이로 들어가 1분 동안 안 보이다가 이중으로 겹쳐져요. 그러다가 이곳에서 다시 나타납니다. 이제 드디어 펄프보다는 종이에 더 가까운 모습을 띠죠. 그렇지만 아직까지 약하고 불완전합니다. 괜찮으시다면 좀더 지켜보시죠, 선생님. 이제 이 먼 지점에 도착하면

---

* Airbridge: 승객이 타고 내리도록 비행기에 연결되는 이동식 탑승교.

펄프는 진짜 종이 같은 모습을 띠게 돼요. 선생님이 손을 대도 괜찮은 종이인 것처럼 말이죠. 하지만 아직 끝난 게 아닙니다. 아직 여행할 게 남았습니다. 많은 실린더들이 저것을 압착해서 밀어 줘야 하죠."

"이런, 세상에!" 나는 느긋하게 천천히 돌아가는 기계에 펄프가 뻗어 나와 끊임없이 돌돌 말려지는 모습을 보고 깜짝 놀라 말했다. "펄프가 한쪽 끝에서 시작해 다른 끝까지 이동하며 종이가 되기까지는 오랜 시간이 걸리는 것 같군."

"아! 그렇게 오래 걸리지 않아요." 조숙한 소년이 잘난 체하고 거드름을 피우며 싱긋 웃었다. "9분밖에 걸리지 않는걸요, 뭐. 보세요. 선생님이 직접 시험해 보셔도 좋아요. 종이쪽지 하나 있으세요? 아! 바닥에 하나 떨어져 있네요. 아무 글이나 이 종이에 써 보세요. 제가 여기에 붙여 놓을게요. 그러면 이 종이가 다른 한 끝으로 가는 데 얼마나 시간이 걸리는지 아실 수 있을 거예요."

"그럼, 한 번 볼까." 나는 연필을 꺼내며 말했다. "여기에 자네 이름을 적겠어."

큐피드는 나에게 시계를 꺼내라고 말하고는 시작 단계의 펄프 덩어리 위에 이름이 적힌 종이쪽지를 능숙하게 떨어뜨렸다.

즉시 나는 시계 문자반의 초침을 들여다보았다.

나는 서서히 움직이는 종이쪽지를 천천히 따라갔다. 가끔 헤아릴 수 없이 많은 아래쪽 실린더 밑으로 들어가, 30초 동안 사라졌다가 다시 서서히 나타나는 등 같은 공정이 천천히 계속 이어졌다. 이제 완전한 모습을 드러내더니, 떨리는 종이 위의 작은 반점처럼 미끄러져 내려가 다시 완전히 자취를 감추었다. 또다시 나타났다 사라지기를 반복했다. 펄프 상태에서 여러 공정을 거쳐 변모한 다른 종이들은 점점 단단해져 갔다. 그때 나는 갑자기 폭포와 거의 흡사한 일종의 종이 폭포를 보았다. 줄을 자르는 소리 같은 가위 소리가 내 귓가에 들려왔다. 그러더니 반쯤 희미해진 '큐피드' 종이쪽과 함께 접지 않은 흠 없는 풀스캡판 종이 한 장이 떨어졌다. 아직 눅눅하고 따뜻했다.

이곳이 기계의 끝 지점이기 때문에 내 여행도 여기서 끝이 났다.

"그럼, 얼마나 걸렸어요?" 큐피드가 물었다.

"8분 59초." 나는 내 손 안에 들고 있는 시계를 들여다보며 말했다.

"제가 그럴 거라고 말했죠."

어떤 신비스러운 예언이 실현됐을 때 느끼는 감동과 크게

다르지 않은, 어떤 묘한 감동이 잠시 나를 사로잡았다. 하지만 곧이어 내가 얼마나 멍청한지 생각해 보았다. 저것은 그 본질이 한결같이 정확하고 정교한 기계에 불과하지 않은가.

아까까지 휠과 실린더에 정신이 팔렸던 나는 이제 기계 옆에 서 있는 슬퍼 보이는 어느 여자에게 관심을 돌렸다.

"말없이 기계 끝을 돌보고 있는 저 여자는 나이가 좀 들어 보이는데. 기계 작업에 완전히 익숙해 보이지도 않고."

"오." 소음이 컸지만 큐피드는 일부러 목소리를 낮추어 말했다. "저 여자는 지난주에 왔어요. 전에 간호사로 일했대요. 이 지역에는 간호사 일이 없어서 이리로 옮겼어요. 저 여자가 저기서 쌓고 있는 종이를 좀 보세요."

"아, 풀스캡판 종이." 그 여자는 자기 손에 계속 들어오는 눅눅하고 따뜻한 종이를 쌓고 있었다. "이 기계에는 풀스캡판 말고 다른 종이는 생산하지 않나?"

"아, 자주는 아니지만 가끔 질이 더 좋은 종이를 만들기도 하죠. 우리는 그런 종이를 크림색 필기 용지나 최고급 종이라 부르죠. 그러나 수요가 가장 많은 게 풀스캡판이라 대부분 그걸 생산하고 있죠."

그것은 참으로 묘했다. 나는 끊임없이 떨어지고 떨어지는 저 백지를 보며 마침내 저 많은 종이가 사용될 낯선 사용처들의 경이로움에 마음이 쏠렸다. 아무것도 쓰여 있지 않은 저 백지에 온갖 글들, 이를테면 설교문, 변호사의 소송사건 적요서, 의사의 처방전, 연애 편지, 혼인 증명서, 이혼 서류, 출생 신고서, 사망 증명서 등 끝도 없는 글들이 적혀질 것이다. 그런 뒤 완전한 백지 상태인 종이들로 나의 마음이 다시 돌아왔을 때, 나는 존 로크의 유명한 비유를 생각하지 않을 수 없었다. 로크는 인간은 선천적인 관념을 가지지 않았다는 자신의 이론을 논증하면서, 태어날 때 인간의 정신을 백지에 비유했다. 어떤 것이 쓰여질 운명에 처해 있지만, 어떤 종류의 글이 될지 아무도 말할 수 없는 그런 상태인 것이다.

나는 윙윙대며 작동하는 기계를 따라 일정한 속도로 천천히 앞뒤로 왔다갔다 하면서, 기계의 움직임 속에 내재되어 있는 진화의 힘만큼이나 그 필연성에도 깊은 인상을 받았다.

"저기 저 얇은 거미집 같은 것 말이야." 나는 더 불완전한 상태에 있는 종이를 가리키며 말했다. "찢어지거나 떨어져 나가지는 않아? 아슬아슬 찢어질 것만 같은데, 종이가 통과하는 이 기계는 정말로 강력해."

"머리카락 한 올 굵기만큼도 찢어지지 않는다고 해요."

"멈추지 않나? 중간에 막히기라도 하지 않아?"

"아뇨. 늘 작동하죠. 이 기계는 정확히 이렇게 펄프를 흘러

가게 하지요. 딱 이런 방식으로 말예요. 선생님이 지금 보고 계신 바로 그런 속도로 말예요. 펄프가 흘러 들어갈 수밖에 없게 되어 있지요."

내가 이 확고부동한 철제동물을 보았을 때 외경심 같은 어떤 것이 엄습해 왔다. 이런 육중하고 정교한 종류의 기계를 보면 기분에 따라 다소간의 차이는 있지만, 인간의 마음속에는 언제나 이상한 두려움 같은 것이 생기게 된다. 살아서 헐떡이는 베헤모스*를 본 것처럼 말이다. 그 금속성의 필연성, 다시 말해 그것을 지배하고 있는 불굴의 숙명 때문에 나는 내가 본 것이 특히 두려웠다. 그럼에도, 나는 신비스런 진행과정이 눈에 보이지 않는 여러 구간에서는 거즈처럼 얇은 펄프 막의 흐름을 좇아갈 수 없었지만, 그런 구간에서도 펄프는 기계의 전제적인 간교함에 변함없이 속박당한 채 앞으로 전진해 가리라는 것은 의심할 여지가 없었다. 나는 그것에 매료되었다. 나는 넋을 잃고 멍하니 서 있었다. 나는 내 눈앞에서 돌아가는 실린더를 따라 천천히 지나가면서 펄프 공정의 그 창백한 첫 단계에 시선이 고정된 채, 그 음산한 날, 내가 목격했던 그 무력한 처녀들의 창백한 얼굴들을 떠올렸다. 그들은 천

---

* Behemoth: 히브리어로 '짐승'을 뜻하며, 『구약성서』「욥기」 40장 15절~24절에 나오는 힘이 센 초식동물의 이름이다. 하마를 가리키기도 한다.

허먼 멜빌

천히, 구슬프게, 탄원이라도 하듯이, 하지만 아무런 저항도 없이 희미하게 빛을 발하고 있었다. 그들의 고통은 마치 성녀 베로니카의 손수건*에 찍힌 고통스러운 얼굴 자국처럼 불완전한 종이 위에 희미하게 찍혀져 있었다.

"선생님, 이 방의 열기가 선생님한테 너무 뜨거운가 보네요." 큐피드가 내 얼굴을 쳐다보며 외쳤다.

"아니… 오히려 좀 서늘한데."

"이제 나가요, 선생님. 밖으로, 밖으로요." 이 조숙한 소년은 아버지가 자식을 세심하게 돌보듯이 서둘러 나를 밖으로 데리고 나갔다.

몇 분이 지나고 활기를 되찾자, 나는 내가 처음으로 들어갔던 종이 접는 방으로 다시 들어갔다. 그 방에는 업무용 책상 하나가 아무 장식이 없는 여러 카운터와 그 앞에서 일하는 무표정한 처녀들에게 둘러싸여 있었다.

"여기 큐피드가 나에게 이상한 여행을 시켜 주었습니다." 나는 앞서 언급한 얼굴이 시커먼 사내에게 말했다. 나는 이 사람이 총각이며 이 공장의 사장이라는 사실을 이미 알고 있었

---

* 예수가 십자가를 지고 골고다언덕으로 향하는 도중, 베로니카가 예수의 얼굴에서 흘러내리는 피땀을 천으로 닦아 주자 그 천에 예수의 고난의 얼굴 모습이 새겨져 나왔다고 한다.

다. "당신의 공장은 참 훌륭합니다. 웅장한 기계는 도무지 이해할 수 없는 정교함을 지닌 기적 같더군요."

"예. 모든 방문객이 그렇게 생각한답니다. 하지만 이곳은 아주 외진 곳이라 찾아오는 분은 그다지 많지 않지요. 주민들도 거의 없답니다. 우리 여자애들도 멀리 있는 마을에서 왔죠."

"여자애들이라." 나는 말없는 처녀들을 빙 둘러보면서 그의 말에 즉시 대답했다. "무엇 때문에 대부분의 공장에서는 여공들을 가리켜 여자들이라 하지 않고 나이에 관계없이 무조건 여자애들이라고 부르지요?"

"아! 그건… 그들이 대체로 미혼이기 때문인 것 같습니다. 하지만 전 그런 생각을 전에 한 번도 해 보지 못했습니다. 우리 공장에 기혼 여성들은 채용하지 않을 겁니다. 그들은 들어왔다가 너무 쉽게 나가 버리는 것 같습니다. 우리는 일요일, 추수감사절, 단식일을 제외하고 1년 365일 매일 12시간씩 오로지 꾸준히 일하는 노동자만 원합니다. 그것이 우리 규칙입니다. 그래서 우리 공장에는 기혼 여성들이 없어서 여자애들이라 불러도 무방합니다."

"그러면 이들은 모두 아가씨들이군요." 나는 그들의 활기 없는 처녀 생활에 가슴 아파하면서도 경의를 표하면서 나도 모르게 고개를 숙였다.

"모두 아가씨들이죠."

또다시 나는 이상한 감정에 사로잡혔다.

"선생님, 선생님의 두 뺨이 아직 희끄무레하네요." 사내는 나를 주의 깊게 응시하며 말했다. "가실 때 조심하셔야겠습니다. 아직 통증이 있으세요? 그렇다면 나쁜 징조인데요."

"조심하겠습니다, 사장님." "일단 악마의 지하 감옥을 벗어나면 괜찮아질 겁니다."

"그렇겠지요. 골짜기나 협곡, 움푹 꺼진 곳이 다른 곳보다 겨울 추위가 더 혹독하니까요. 믿기실지 모르지만, 이곳이 워돌러산 꼭대기보다 훨씬 더 춥습니다."

"그렇다고 볼 수 있겠죠. 시간이 촉박해 이만 떠나야겠습니다."

그 말을 하고 나는 방한 외투를 입고, 모피 목도리를 두르고, 바다표범 가죽으로 만든 커다란 벙어리장갑을 끼고, 살을 에는 듯한 차가운 공기 속으로 힘차게 나갔다. 가엾은 블랙이 추위로 몸을 잔뜩 움츠리고 있는 것이 보였다.

나는 모피 옷을 걸치고 묵상에 잠긴 뒤 이내 악마의 지하 감옥을 벗어나 언덕길을 올라갔다.

검은 협곡에서 썰매를 세우자, 나는 다시 한번 템플바의 모습이 생각났다. 그러고 나서 고개를 통과해 불가사의한 자연

에 홀로 남아 외쳤다. "오! 총각들의 천국이여! 오! 처녀들의
지옥이여!"

역자 해설

자본주의의 비극성에 대한 엄중한 경고

허먼 멜빌Herman Melville(1819~1891)은 19세기 미국 낭만주의 문학을 대표하는 작가이다. 미국 문학의 대서사시라 일컫는 『모비딕Moby Dick』을 비롯해 그의 대부분의 소설은 바다를 배경으로 하고 있기 때문에 멜빌 하면 먼저 떠오르는 것이 해양소설가로서의 이미지다. 그는 어렸을 때부터 배를 타고 세계를 돌아다니는 꿈과 이국에 대한 열망이 강했다. 그래서 스무 살이 되던 해인 1839년에 상선 '세인트로렌스호'의 사환으로 취직해 처음으로 배를 탔다. 그리고 1841년에 포경선 '애큐시넷호'에 승선해 망망대해에서 선원들과 함께 생활하며 작은 보트에서 작살로 고래를 잡는 체험을 했다. 이 포경선에서의 체험은 인간의 원초적인 본능과 고래잡이를 세밀하게 관찰할 기회를 제공해 그에게 해양소설가로서의 기틀을 마련해 주었다. "나를 이슈메일이라 불러 달라."『모비딕』의 유명한 첫 문장은 2006년《아메리칸 북 리뷰》지가 선정한 '소설 최고의 첫 문장 100'에서 당당히 1위를 차지했다.

멜빌은『모비딕』과 같은 장편소설뿐 아니라 문학적으로 훌륭한 단편도 많이 썼다. 그중에서 역자가 번역한「필경사 바틀비_월가의 이야기」,「꼬끼오! 혹은 고결한 베네벤타노의 노래」,「총각들의 천국과 처녀들의 지옥」과 같은 작품들은 수작으로 꼽힌다.

먼저「필경사 바틀비」는 멜빌이 쓴 최초의 단편이다. 이 작품은 1853년《퍼트넘스 먼슬리 매거진》11월호와 12월호에 두 차례에 걸쳐 연재되었는데, 멜빌의 작품 중 가장 모호한 작품으로 이해하기가 만만치 않다. 부제에 잘 드러나듯이 이 작품은 자본주의가 성숙하여 부와 명예가 최대의 삶의 조건이 되는 19세기 미국의 월가를 배경으로 한다. 월가의 성공한 한 변호사가 화자로 등장해 자신이 살면서 가장 잊지 못할 어느 젊은이에 대한 이야기를 들려준다.

화자인 변호사는 두 명의 필경사와 한 명의 사환을 두고 있었는데, 일이 많아져 필경사 한 명을 고용한다는 광고를 냈고, 바틀비라는 젊은이가 찾아온다. 필경사란 인쇄술이 발전하기 전 원본을 그대로 베껴 써서 필사본을 만드는 사람을 가리킨다.

화자는 그때 바틀비의 모습을 "얼굴이 창백하리만치 말끔했고, 동정이 갈 만큼 예의가 발랐으며, 어떻게 해 볼 도리가 없을 정도로 외로워 보였다."라고 생생히 기억한다. 바틀비는 처음에는 열심히 일을 했지만, 어느 날, 베낀 문서를 대조해 보자는 화자의 요청에 "안 하는 편이 더 좋겠습니다."라고 단호히 말하며 거부한다. 시간이 지날수록 바틀비는 화자의 요청을 모두 거절하면서 "안 하는 편이 더 좋겠습니다."라는 말만 되풀이하기에 이른다. 게다가 사무실을 자신의 거처로 삼고 있기도 했다. 화자는 바틀비를 설득해 보지만 헛수고일 뿐, 결국 그를 남겨 두고 사무실을 옮기지만 바틀비는 그곳에 계속 눌러앉아 있게 된다. 변호사는 바틀비에게 일자리를 알아봐 주겠다고 하는 등 도움을 주려 하지만 이것마저 모두 거절한다. 마침내 바틀비는 뉴욕 시 교도소에 수용되어 죽게 된다.

이 작품에서 독자들은 작가가 재현하는 바틀비의 이미지가 무엇인지 궁금할 것이다. 독자들은 바틀비에 대해 아는 게 전혀 없다. 화자의 변호사 사무실에 취직한 후 얼마간은 열심히 일을 하다가 갑자기 그저 "안 하는 편이 더 좋겠습니다."라는 말만 되풀이했고, 그러다 쫓겨나 쓸쓸히 죽어 갔다는 사실만 알 뿐이다.

바틀비를 이해하기 위해 먼저 화자에 대해 살펴볼 필요가 있겠다. 당시의 월가는 아직 증권거래소가 설립되기 전이지만 미국 자본주의의 중심지로서 상업, 금융업, 부동산업이 활기차게 이루어지고 있었다. 이런 도시에서 자본가들, 그들의 하수인 격인 변호사들, 그리고 그 밑에서 일하는 사람들은 수익을 쫓으며 삶을 영위하고 있었다. 얼핏 보면 화자는 신사로서, 바틀비를 측은하게 생각해 그에게 도움을 주려 하는 '노블레스 오블리주' 정신을 구현하는 바람직한 사람으로 착각할 수 있다. 그러나 그는 주식회사를 소유하고 있는 당대의 거부 존 제이콥 애스터를 위시한 자본가들의 사업 허가, 부동산 거래, 금융 거래 등과 관련된 법적 문제를 해결해 주는 자본의 하수인 역할을 충실히 수행하는 인물이다. 애스터로부터 신중하고 꼼꼼하다는 칭찬을 듣는 바, 대 자본주의적 현실주의에 집착하는 인물이다. 이런 면에서 볼 때 화자의 사무실은 자본주의 체제의 축소판이며 그를 '자본주의 사회의 전형적인 인물'이라 간주해도 과언이 아니다.

다시 변호사 사무실로 눈을 돌려 보자. 고용주인 변호사는 그의 사무실에 근무하는 필경사인 니퍼스와 터키가 '소화불량'과 '발작'을 겪고 있음에도 그의 사무실에 꼭 필요한 사람들이라 생각하고 있다. 그들이 제정신이 들 때는 일을 민첩하게 잘 처리하고 글씨를 깔끔하게 쓰기 때문이다. 따라서 변호사는 그들이 정상적인 상태에 있을 때 그들의 효용 가치를 최대로 끌어 내려고 한다. 그렇게 본다면 변호사는 19세기 미국의 자본주의 하에서 영리 목적을 위해 인간을 도구로 취급하는 인간의 전형이 된다. 바틀비를 보는 관점 역시 동일하다. 바틀비는 처음부터 서류를 베껴 쓰는 일에 걸신이라도 들린 듯 서류를 단숨에 집어삼켰고, "낮에는 햇빛으로, 밤에는 양초 빛으로 밤낮을 가리지 않고 서류를" 베꼈다. 변호사는 바틀비가 비정상적으로 일에 몰두하는 것에 대해 우려를 갖기보다는 업무의 효율성과 성과에 만족해 한다.

그러다가 바틀비의 노동의 저항이 시작된 것이다. 그는 줄기차게 "안 하는 편이 더 좋겠습니다."라는 말을 되풀이하며 자신의 노동에 저항한다. 변호사는 바틀비의 행동을 '수동적 저항'의 병적인 집요함이라고 인식하게 된다. 바틀비는 노동은 물론이고 변호사의 권위까지 거부함으로써 수동적이지만 자본주의적 질서를 거부하는 것이다. 이렇게 작가가 재현하고자 하는 바틀비의 이미지는 물화에 대한 저항이다. 필경사들의 필사는 창조적이고 주체적인 일이 아닌, 정해진 작업 규칙에 따라 기계처럼 수행되는 노동이다. 오죽하면 니퍼스와 터키가 기계처럼 반복되는 무료한 노동을 견디지 못해 오전과 오후에 각각 발작을 일으킬 정도이다. 이런 기계적 상황에서 바틀비를 비롯한 필경사들의 노동은 물건처럼 상품화되어 있는 것이다.

'물화'의 사전적 정의는 '사물로 변화하다.'라는 뜻이다. 이 용어는 루카치가 그의 노작 『역사와 계급의식』이라는 책에서 자본주의 사회 하에 인간의 노동은 물건처럼 상품화된다는 개념으로 사용함으로써 널리 퍼지게 되었다. 그는 이 책에서 "노동력의 소유자인 노동자는 저 자신을 상품으로서 생각할 수밖에 없다. 노동력이 자신의 유일한 재산이라는 것이 바로 노동자의 특수한 위치인 것이다."라고 적고 있다. 이처럼 물화된 노동자는 사회체제로부터 배제와 고립을 당해 자기 소외를 겪는다고 보았던 것이다. "안 하는 편이 더 좋겠습니다."라는 바틀비의 절규는 물화와 노동의 소외를 만들어 내는 자본주의적 질서에 대한 나름대로의 저항이 된다.

바틀비의 소극적 저항은 관습과 위선으로 가득 찬 변호사의 이기주의에 의해 처참하게 무너져 그는 결국 죽음을 맞이한다. 작가는 "아 바틀비여, 아 인류여."라는 말로 소설을 끝맺는다. 이 말은 바틀비에 대한 부정적 평가인가, 아니면 긍정적 평가인가? 바틀비는 아무 일도 안 하고 타인에게 불편함만 제공하는 정신병적 징후를 가진 무기력한 자인가? 아니면 자본주의 조건하에서 그의 소극적 저항이 인류에게 어떤 메시지를 전달했다는 의미인가? 바틀비의 죽음은 『차라투스트라는 이렇게 말했다』에서 니체가 말한 '초인'처럼, 자본주의를 넘은 새로운 인간의 탄생을 염두에 두었는지는 알 수 없다.

「꼬끼오!」는 1853년 《하퍼스 매거진》 겨울호에 발표된 작품이다. 이른 봄 어느 날 아침, 화자는 싸늘한 공기를 뚫고 언덕으로 산책을 하러 가던 중 어디선가 수탉의 우렁찬 소리를 듣게 되고, 그 소리에 매료되고 만다. 결국 그 소리의 진원지를 찾아 나선 화자는 천신만고 끝에 수탉의 행방을 알게 되는데, 바로 자신의 집에서 장작을 패 주던 톱장이 메리머스크의 집에서 발견하게 된다. 비싼 값을 쳐 줄 테니 수탉을 팔라고 해도 메리머스크는 거절한다. 화자는 "저 수탉이 이 수치스럽고, 황량하고 형편없는 땅을 찬양하고 있지 않습니까? 제 수탉이 선생님에게 활기를 북돋워 주지 않았습니까? 저는 부자입니다. 더없이 행복한 사람이고요."라며 완강히 거절한다. 화자는 메리머스크의 말에 그가 옳았음을 인식하고 "오, 고결한 수탉이여! 오, 고결한 사람이여!"라고 읊조린다. 며칠 뒤 화자가 다시 메리머스크 집을 방문했을 때는 메리머스크를 비롯해 가족 모두에게 죽음이 임박해 있었고, 메리머스크가 죽자 가족들도 잇따라 죽는다. 그러자 수탉은 "그 집에서 가장 높은 곳으로 날아올라 가서 양 날개를 활짝 펴고 초자연적인 음조로 천둥 같은 울음소리를 한 번 지르고"는 화자의 발밑에 휙 떨어져 수탉 역시 죽어 버린다. 화자는 톱장이와 그의 가족, 그리고 수탉을 시월의 산 아래에 파묻어 주고 돌아온다.

이 작품은 앞선 「바틀비」와 공통점을 가지고 있다. 두 화자가 바틀비와 메리머스크의 삶을 각각 관찰하고 있는 것이다. 그리고 관찰 대상이 되는 두 인물은 소극적이지만 세상에 대해 반항적이고 예외적이며, 또한 과거와 단절되어 그들의 과거에 대해 밝혀진 것이 별로 없다. 이 작품의 화자는 먼저 자신이 속한 사회가 더 이상 자신을 보호해 주지 못하리라는 것을 깨달아 사회에 대해 공포와 불신을 가지고 있는 인물이다. 실례로 과학과 이성의 산물인 기관차와 증기선이 제공하는 위대한 진보에 대해 회의와 절망감을 느낀다. "이 시대의 위대한 진보라고! 무슨 소리 하는 거야! 죽음과 살인을 조장시키는 것을 발전이라고 부르지!"라고 하는 것이다.

그런데 현대 문명의 진보에 절망하던 중 화자는 수탉의 울음소리를 듣고 의식의 변화를 경험하며, 죽음의 공포에서 벗어나 생명력을 욕망하게 된다. "이 지구상에서 저렇게 경쾌하게 울어젖히는 수탉의 소리를 일찍이 들어 본 적이 있는가! 또렷하고, 날카롭고, 결단력 있고, 활기에 차 있고, 흥겹고, 기쁨에 가득 찬 소리를. 녀석은 분명히 말하고 있다. '죽겠다는 소리 절대로 하지 마라!' 친구들아, 저 소리는 정말로 놀랍지 않은가?"

메리머스크는 바틀비처럼 성실하지만 말이 없고 영혼이 아름다운 인물로, 가난에 찌들어 있지만 자신이 처한 현실에 주눅들지 않고 당당히 맞선다. 변호사의 도움을 뿌리친 바틀비나 수탉에 대해 비싼 값을 치르겠다는 화자의 요청을 뿌리친 메리머스크의 행위는 둘 다 물화에 대한 수동적인 저항의 의미로 받아들일 수 있다. 바틀비가 자본주의 사회에서 처참하게 무너져 죽음을 피해 갈 수 없었다면, 메리머스크는 자발적으로 물화에 저항하며 초연하게 죽어 갔다. 작가가 말했듯이 죽음이란 문명사회에서나 공포의 대상일 뿐, 순수한 자연의 사회에서는 죽음에 대해 비합리적 두려움이 없기 때문이다.

화자는 메리머스크와 그의 가족과 수탉을 묻어 주고 "오, 죽음이여, 그대의 침은 어디에 있는가? /오, 무덤이여, 그대의 승리는 어디에 있는가?"라는 비문을 적어 주었다. 이 비문은 메리머스크가 죽어 간 방식은 이 세상에서 소외와 파멸을 당하지 않고 절대적으로 주체적인 삶을 살았다는 것을 방증한다.

마지막 단편 「총각들의 천국과 처녀들의 지옥」은 1855년 《하퍼스 매거진》에 발표한 작품이다. 화자가 1849년 런던 방문 당시 총각들과 함께한 즐거운 만찬을 소재로 쓴 「총각들의 천국」

과 1851년 겨울, 어느 제지공장을 방문한 경험을 다룬 「처녀들의 지옥」을 합쳐 만든 것이다. 먼저 「총각들의 천국」에서 화자는 일차적으로 만찬에 참석한 총각들의 여유와 유쾌함에 대한 찬사와 부러움을 묘사하고 있다. 그것은 "훌륭한 삶, 기분 좋은 음주, 좋은 느낌, 재미나는 이야기 등을 조용하게 몰입해서 즐기는 완벽한 시간"이었다. 그런데 화자는 만찬을 즐기는 이들의 여유로움 이면에 놓인 어두운 면을 암시하고 있는데, 이들 신사들을 '템플러'에 비유하고 있는 데서 그것을 알 수 있다. '템플러'란 원래 중세 때 예루살렘 템플 기사 수도회에 속한 템플 기사단원을 뜻하는데, 나중에는 영국의 법률가나 변호사를 일컫게 되었다. 그리고 만찬 장소가 '템플바'에서 멀지 않은 곳에 위치하고 있다. '템플바'는 런던 중심부로 들어가는 길목에 있는 아치형 관문으로, 옛날에 이곳에서 통행료를 징수했으며 죄인들이 참수형에 처해지는 곳이기도 했다. 작품의 첫 줄부터 '템플바'를 언급한 것은 총각들의 천국이 예전의 수탈과 처벌을 토대로 하고 있는 것임을 은연중 암시하는 것이다. 그리고 템플 지구는 법률가들이나 법학전공 학생들만이 생활할 수 있도록 되어 있는 지역으로, 계급을 극복하지 못하는 배타적이고 제한적인 구역임이 틀림없다.

화자는 "도덕의 쇠퇴가 이 성스러운 단체를 오염시켰다는 사실을 알고 있다. 사치라는 벌레가 그들의 경계망 밑으로 기어들어 오고 있었다. 기사다운 성실성이 안으로부터 갉아 먹혔고 수도 서원誓願이 조금씩 허물어지고 결국 금욕 정신은 와해되어 술판이 벌어졌고, 기사도 맹세를 한 기사 총각들은 위선자와 난봉꾼으로 전락하기에 이르렀다."라고 비판한다. "두 손으로 사용하던 긴 칼은 한 손으로 사용하는 깃펜으로 바뀌었다."고 하는 것은 과거의 템플러가 현대의 법률가로 대치되었다는 뜻이다. 과거에 칼을 들고 권력을 행사했던 템플러 대신, 이제는 깃펜으로 권력을 누리며 자기충족적인 삶을 사는 법률가들이 템플러라는 것이다. 이들은 「필경사 바틀비」에서의 화자처럼 자본주의 금융 체제에서 돈을 축적하고 그들만의 리그 안에서 삶을 사는 자들이다. 옛 템플러가 도덕적 붕괴를 맞이했듯이 이들 또한 현세적 질서를 옹호함으로써 자본주의의 위기를 조장할 수 있는 자들이 될지도 모를 일이다.

「처녀들의 지옥」은 종묘상을 하는 화자가 씨앗을 담아 보낼 봉투를 값싸게 구입하기 위하여 한겨울 추위에 제지 공장을 방문하는 내용이다. 그곳에서 일하는 처녀들의 힘겹고도 치열한 삶은 '총각들의 천국'과 대비된다. 그들은 자유분방한 템플러들과 달리 한 마디 말도 하지 않았고, 들리는 소리라고는 쇠로 된 동물들(기계들)의 낮고 꾸준한 윙윙거림뿐이었다. 그곳에서 인간의 목소리는 추방되었다. 처녀들은 기계의 부속 톱니바퀴라기보다 차라리 톱니바퀴의 톱니에 불과한 것 같았다.

그런데 화자는 '처녀들의 지옥'과 '총각들의 천국'을 대비하면서도 이들의 유사성을 교묘하게 드러내고 있다. "저 너머 음산한 검은 협곡을 바라보았을 때, 나는 어둡고 음울했던 템플바를 처음 보았을 때의 인상을 떠올렸다."는 설명처럼, 화자는 '처녀들의 지옥'을 통해 '총각들의 천국'에서의 절망감을 느끼는 아이러니를 맛보게 된다. 화자는 제지 공장으로 가는 암울한 풍경에서 '총각들의 천국'과 '처녀들의 지옥' 간의 '반전된 유사성'을 감지한다. 그는 '악마의 지하감옥'이라 불리는 분지를 보고 어둡고 음울했던 템플바를 기억했다. 화자는 '처녀들의 지옥'을 목격하고는 그들의 노예 같은 처참한 노동은 만찬을 여유롭게 즐기는 템플러들의 이익에 복무하기 위한 것임을 인식하게 된다. 이들 총각들의 안락함의 근원은 이들 처녀들의 고된 노동인 것이다.

흥미롭게도 「필경사 바틀비」, 「꼬끼오!」, 「총각들의 천국과 처녀들의 지옥」은 모두 비슷한 시기에 씌어졌다. 그래서 그런지 이 세 작품에 나오는 등장인물들은 상호 유사성이 짙다. 「필경사 바틀비」에서 안락한 삶을 영위하고자 하는 자본주의 사회의 전형적 인물인 변호사의 세계는 「총각들의 천국과 처녀들의 지옥」

에 나오는, 금융 체제의 도움으로 돈을 모아 타락의 길을 걷고 있는 템플 기사에 비유되는 총각들과 유사하다. 반면 사문서국의 '죽은 편지'처럼, 원본을 기계적으로 필사하도록 강요받는 바틀비의 모습은 침묵을 강요당하며 기계의 톱니로 전락한 제지공장의 처녀들에 다름 아니다.

작가 멜빌은 위 세 작품을 통해 자본주의가 성숙해 가는 19세기 미국의 산업사회에서 두 계급(지배계급과 피지배계급)을 절묘하게 비교하고 대조함으로써 자본주의의 비극성을 간파하는 놀라운 혜안을 보여 주었다. 소극적 저항을 하다가 죽음을 맞이한 바틀비의 기계적 노동, 흰 눈을 맞으며 끊임없이 톱질하는 메리머스크의 힘겨운 노동, 그리고 처녀들의 처참한 노동의 맞은편에는 자본의 시혜를 받아 안락한 삶을 추구하는 변호사와 런던의 템플러들이 존재한다. 작가는 옛 템플러들이 그랬듯이 자본주의적인 그들도 타락과 붕괴의 길로 들어설 수 있다는, 자본주의의 비극성에 대해 엄중한 경고를 하고 있다.

박경서

작가 연보

허먼 멜빌
Herman Melville, 1819. 8. 1. ~ 1891. 9. 28.

1819. 8월 1일 무역상인 앨런 멜빌과 마리아 갠스부트 멜빌 사이에서 여덟 남매 중 셋째로 태어남. 원래 성이 'Melvill'이었으나 아버지가 사망한 후 어머니가 'Melville'로 바꿈.

1830. 아버지의 사업 실패로 채권자들의 빚 독촉에 시달려 가족이 뉴욕주 올버니로 이사. 올버니 아카데미 입학.

1832. 아버지 앨런 멜빌 사망. 학교를 중퇴하고 가족을 부양하기 위해 은행원, 농장 일꾼 등의 일을 함.

1835. 올버니 학교 입학. 19세기 초 영국 시인들의 작품들을 접함.

1839. 항해에 대한 동경으로 선원이 되고자 결심함. 상선 '세인트로렌스호'에 사환으로 취직해 첫 항해를 함.

1840. 친구 엘리 플라이와 함께 미시시피강을 따라 일리노이까지 여행. 그곳에 일자리가 없어 다시 뉴욕으로 돌아옴. 포경선 '애큐시넷호'에 선원으로 등록.

1841. 포경선 '애큐시넷호'에 승선해 매사추세츠주 페어헤이븐 항구에서 출항. 해양소설가로서의 기틀이 되는 경험을 쌓음.

1842. 선장의 폭압에 견디지 못해 '애큐시넷호'에서 탈주. 18개월간의 항해를 마침. 몇 주 동안 마르키즈 제도의 타이피 원주민들과 함께 생활.

1843. 하와이 제도에서 4개월간 서기로 일함. 미 해군에 수병으로 입대.

1844. 소형 구축함인 '유나이트스테이츠호'를 타고 마지막 항해를 마친 후 뉴욕으로 돌아와 제대. 바다 생활에 대한 반자전적 소설 집필 시작.

1846. 마르키즈 제도에서 타이피 원주민들과 함께 보낸 이야기를 다룬 첫 소설 『타이피: 폴리네시아인들의 생활상 엿보기』 출간. 미국에서 호평을 받음.

1847. 두 번째 소설 『오무: 남태평양에서의 모험기』 출간. 매사추세츠주 대법관인 레뮤얼 쇼의 딸인 엘리자베스 쇼와 결혼.

1849. 『마디: 그리고 저편으로의 항해』, 『레드번: 그의 첫 여행』 출간. 큰아들 맬컴 태어남.

1850. 해군 전함에서의 경험담을 담은 『화이트 재킷』 출간. 고래잡이 항해에 대한 새로운 소설의 초고 작업 시작. 버크셔에서 주택을 구입해 '애로헤드'라 이름 짓고 그곳으로 이사. 작가 너새니얼 호손을 만나 교류함.

1851. 8월 『모비딕』 탈고. 10월 런던에서 『고래』라는 제목으로 출간. 11월 제목을 『모비딕』으로 바꾸어 미국에서 출간. 둘째 아들 스탠윅스 태어남.

1852. 『피에르』 출간. 비평가들과 독자들로부터 호평을 받지 못함.

1853. 큰딸 엘리자베스가 태어남. 최초의 단편소설 『필경사 바틀비: 월스트리트의 이야기』를 《퍼트넘스 먼슬리 매거진》에 두 차례에 걸쳐 연재. 이후 3년 동안 대중 잡지에 15편의 단편을 연재함.

1855. 미국 독립전쟁을 다룬 『이스라엘 포터』 출간. 막내딸 프랜시스 태어남. 「총각들의 천국과 처녀들의 지옥」을 《하퍼스 뉴먼슬리 매거진》에 연재.

1856. 「필경사 바틀비」, 「마법의 성」 등을 수록한 중단편집 『광장 이야기』 출간.

1857. 『사기꾼』 출간. 전업 작가로서의 글쓰기 중단함. 3년 동안 순회강연을 함.

1858~1859. 전국 각지를 돌며 계속 강연함.

1860. 쾌속 범선의 선장인 동생 토머스와 함께 케이프 혼을 돌아보는 항해를 마치고 샌프란시스코로 돌아옴.

1861. 후원자인 장인 레뮤얼 쇼 사망. 남북전쟁 발발로 정신적 충격을 받음.

1863. 심한 부채에 시달림. '애로헤드' 주택 매각함. 가족과 함께 뉴욕시로 이주.

1864. 남북전쟁 시 군인을 위문하기 위해 전방 방문.

1866. 뉴욕 세관에 취직해 20년 동안 근무함. 남북전쟁에 대한 시 모음집인 『전쟁물과 전쟁의 양상』 출간.

1867. 큰아들 맬컴 권총으로 자살. 자살인지 우발적 사고인지 밝혀지지 않음.

1876. 1만 6천 행으로 이루어진 서사시 『클라렐』 출간. 비평가와 대중들로부터 환영을 받지 못해 팔리지 않은 책을 불태움.

1885. 세관에서 은퇴. 은거 생활 시작.

1886. 둘째 아들 스탠윅스 결핵으로 사망.

1891. 유고 『빌리 버드』 탈고. 뉴욕의 자택에서 심장 발작으로 사망. 뉴욕시 브 롱스에 위치한 우드론 공동묘지에 묻힘.

1924. 미발행 원고 『빌리 버드』 출간.